인간, 사랑, 인생

사회적 세뇌 속 인간의 일상적 감정에 대하여

어느 날
밤에 했던 생각

　　　　　삶에 대해 회의를 느끼는 요즘이다. 정확히는 살아가며 중요시해 왔기에 지속했던 행동들에 대해 회의를 느낀다. 내가 취했던 행동들의 동기와 목적에 대해 실망한다.

　모순적이게도 목적을 가지고 행동을 취했기에 더욱이나 나의 행동들이 부질없어지는 것 같다.

　문득 이런 생각이 들었다. 내가 지금 시대에 태어나지 않고 최초의 인간이었다면 목적에 매달려 스트레스를 받음에도 스스로를 가학하며 목적성만이 가득 담긴 행동들을 했을까? 아닐 것이다. 내가 진정으로 하고 싶은 것을 했을 것이다. 내가 좋아하는 분야의 글을 읽고, 하고 싶은 활동들을 했을 것이며, 사람들의 시선에 얽매이지도 그들의 의견에 의해 내가 휘둘리지도 않았을 것이다.

하지만 현재를 살아가는 나는 진심으로 하고 싶어 하지도 않는 신체적, 정신적 활동과 관심 없는 분야의 학문을 탐구하려고 한다. 나를 둘러싼 사회적인 환경과 그로 인한 억압들이 21년간 나를 눌러왔기에 내가 진정으로 하고 싶은 것이 아닌 사회적으로 '인간으로서의 최고의 덕목'으로 규정한 것들을 중점으로 삶의 방식을 꾸려나가려 했고, 이는 나의 의지가 아니었다는 것을 지금에서야 느낀다.

조금 더 나의 기원과 본질을 찾을 필요성을 느낀다. 무지의 장막을 펼쳐 내가 이 세상의 억압들과 편견들에 영향을 받지 않고 21년을 살았더라면 세상에 완전히 드러났을 나의 기질에 대해 알고 싶어져서 글을 쓰게 되었다.

- 2023년 10월 어느 날 밤에 했던 생각 -

군대에 있을 때, 인간의 치졸함과 비열함을 여실히 보여주는 군대의 모든 이들 때문에 혹은 자유를 원하기 때문에 또는 또 다른 사랑을 원하고, 누군가를 미워했기 때문에 끝없이 몸서리치는 나의 여념들과 격정적인 감정들이 나의 정신과 육체를 망치고 있었다. 그럴 때면 괜히 누군가에게 심술을 부리기도 하고, 위로를 받고 싶은 이기적인 마음에 눈에 보이는 꾀병을 부려보기도 했다.

결국 나는 아무것도 하지 않기로 다짐했다. 외부와의 누구와도 소통하지 않고, 온전히 나에게 집중했다. 현 상황의 부조리함에 맞설 초월적인 자의식이 필요했기에 모든 생각을 적어내기 시작했다.

나에게 어떤 무기가 필요할까? 좁게 보면 '군대'라는 집단일 뿐이지만 근본적으로 내가 마주하고 있는 것은 인간의 본성, 본능, 악의, 이기심, 추악함 등의 집합체였을 뿐이다. 난 이것을 뛰어넘음과 동시에 고약하고 더러운 그들의 바다에 이 한 몸 힘껏 던져보기로 결의를 다졌다. 그때부터 나는 추악함에서 배우기 시작했고, 그렇게 어언 1년이 지났을 무렵 내가 몸 던진 추악함의 바다에서는 사랑, 행복, 지조, 배려, 헌신, 비전, 협동, 영웅이 그 자리를 대신해 가득히 채우고 있었다.

내가 지난 1년간 봐온 인간들은 지극히 단순했다. 그렇기에 두려웠고 원망스러웠다. 그들의 이기심과 무지함은 악마의 모습이었다. 그러나 지극히 단순한 인간이었기에 한없이 사랑스러운 어린아이와도 같았다. 그렇게 지난날에 고통으로 몸부림치던 나의 경험들을 기반으로 삼아 내가 모범이 되어주었다.

언제나 이해하려고 애썼고, 스산한 공포가 그들의 주변을 스쳐 갈 때 선뜻 그들을 감싸주었다. 내가 깨달은 것은 그것이었다. 악마와 어린아이는 한 끗 차이일뿐더러 이를 결정짓는 중요한 요소는 선구자의 태도라는 것이다. 그래서 나는 어린아이가 즐비한 세상을 위해서 추악함의 바다에 빠졌을 때 가졌던 생각들을 나의 언어를 통해 써내고 있다.

- 2024년 5월 어느 날 밤에 했던 생각 -

✎ 책은 사회적 세뇌 속 인간의 기본적 감정들에 대해 인간의 추악한 모습과 연관 지어 담았습니다.

저는 인간을 대표하는 일반적인 감정들의 표현 방식과 이상이 우리가 살아가는 사회에서 획일화된 모습을 띤다고 생각했습니다. 서로 다른 인간임에도 무엇이 우리를 같은 지점으로 이끄는 것일까, 같은 지점에 다다르는 것이 본능과 운명의 결과일까에 대해 고심하게 생각해 보니 정신적인 혹은 영적인 인간 고유의 감각은 우리를 오히려 다른 방향으로 끌어당기고 있었습니다. 사랑, 행복, 불행, 혐오, 질투와 같은 감정에 있어 추구하는 이상과 표출하는 방식 그리고 사유하는 넓이가 유사한 사회 내 구성원들의 모습을 바라보니 물질적이고, 쾌락적인 인간적이지 않은 거대한 힘이 우리를 이끌어 혼돈을 불러온다는 사실을 깨닫게 되었습니다. 이기적임과 개인적임의 차이와 같이 본성적임과 인간적임에는 차이가 있습니다. 본성을 가공함이 인간적임입니다. 이와 관련한 이야기는 책 안에서 설명하겠습니다.

더불어 새로운 인간적임을 향한 가공이 가능하다고 생각했습니다. 본성과는 약간의 거리를 유지한 채로 인간적이지 않음에서는 더 먼 거리에서 진정한 인간다움의 공간에서 다시 자신을 품어봤으면 합니다.

이 이질감이 저의 사유를 부추겼기에 흔쾌히 번뇌 속에서 사투를 벌이기로 다짐했고, 끝내 영적인 성숙을 얻었다고 생각합니다.

누군가에게 그저 지나가는 정류장 같은 곳일 수 있는 군대에서 정말 많은 것을 보고 느끼며 배웠다고 생각합니다. 때론 아프기도 했지만, 때론 진정 행복함을 느낄 때도 있었습니다.

덕분에 영웅 같은 누군가의 빛나는 뒷모습에서 행동할 의지를 얻을 때도 있었고, 악역을 자처하는 또 다른 누군가의 어두운 뒷모습에서 생각할 의지를 얻을 때도 있었습니다. 마냥 가벼워 보였을 수도 있는 저와 깊은 이야기를 나눴던 몇몇 동기 혹은 후임이나 선임은 제가 얼마나 깊은 고뇌 속에서 시간을 보냈는지 알고 있을 겁니다.

처음에 책을 쓰기 시작할 때는 읽는 것과는 다르게 몇백 페이지나 되는 분량의 책을 쓰는 게 너무나 힘들다는 것을 알게 되어, 실속 없는 이야기들과 부연 설명으로 분량을 채워보려는 시도도 했습니다. 그러나 서툴지만 진정성 있는 저만의 이야기를 하고 싶다는 사명감과 책임감에 써왔던 내용을 모두 삭제하고 진심을 꾹꾹 눌러 담아 원했던 이야기들을 온전히 써냈습니다.

책을 쓴 지는 1년 8개월 정도 됐고, 일상적인 부분에서 놓칠 수 있는 우리의 그릇된 부분과 쉽사리 알아차리기 힘든 영적인 해답을 여실히 적어냈습니다. 비록 어린 나이지만 누군가 보지 못하는 부분까지 깊게 들여다볼 수 있는 능력이 있다고 생각합니다.

솔직히 책 내용의 전부가 도움이 될 거라고 자신하지는 못하겠습니다. 하지만 분명 내용의 일부에 있어서는 여러분에게 꼭 필요했던 이야기들이 담겨있을 거라고 장담할 수 있습니다. 그렇기에 정중하고 겸손하게 여러분에게 제가 저술한 책을 권해 보려고 합니다.

읽다가 구체적인 묘사가 없어서 이해의 불편함을 느끼는 부분이 있을 수 있습니다. 그렇다면 굳이 이해할 필요 없이 책을 덮거나 다음 장으로 넘어갔으면 합니다. 그것이 제가 의도한 바이니 말입니다.

일례로 제가 1년 전쯤에 프리드리히 니체의 『사랑에 대하여』라는 책을 읽었을 때는 책 내용의 4분의 1도 이해하지 못했습니다.

그러나 반년 동안 사랑에 대해 굉장히 몰입하는 시간들을 가졌더니 읽히지 않던 내용과 의미들이 읽히기 시작했습니다. 물론 그럼에도 절반은 아직도 이해하지 못합니다. 그렇다고 저는 기분이 나쁘지도 않았고, 작가를 탓하지도 않았습니다. 그저 책에 담긴 심오한 의미를 파악하기에는 제 경험과 통찰이 부족해 시기상조였다고 생각합니다.

경험의 부족함은 인간으로서 부족하다는 뜻이 아니라 서로가 바라보는 위치가 다르다는 뜻이고, 제가 바라던 곳에서 조금 더 옆을 바라보기 위해 저는 노력하고 있습니다. 저만의 깊이가 아니라 상대의 깊이도 이해하기 위해 눈에 힘을 주고 더 넓은 세상을 응시하려고 노력합니다. 그러니 이해되지 않는다면 본인의 위치에서는 충분히 깊이 있는 삶을 살고 있으나 당신의 깊이에 집중하고 있을 때 생소한 저의 깊이가 다가왔을 뿐이니 시기가 맞아떨어지는 어느 날에 이 책을 다시 펼쳐 저의 깊이도 이해해 보려는 관대함을 가져줬으면 하는 바람입니다.

5. 나 태

5. 사 랑

7. 인간다움

8. 강인함, 영웅

9. 고통과 시간의 흐름

1.

세상을 향해

:

정해진 길

. . .

거리를 거닐다 보면 여러 사람들을 마주치기도 하고, 다양한 상황들을 직면하기도 한다. 세상에 같이 살아가는 모든 사람은 적당한 품위를 유지한 채로 세상을 살아간다. 사람들의 눈이 살아있는 곳에서는 쉽사리 땅에 쓰레기를 버리지 않고, 한평생 국가의 법을 어기지 않고 살아가는 사람들이 대다수인 세상이다.

사회라는 집단에 소속된 한 인간으로서 살아가는 앞서 말한 방식은 너무나도 당연한 것으로 여겨지기에 이상하게도 우리는 그다지 우리의 의견이 개입된 적도 없고, 자신의 의사와 동떨어진 이미 정해진 규칙 속 세상에서 살아가면서도 세상과 법칙에 대해 이질감을 느끼지 못하며, 의심을 하지도 않은 채로 살아간다.

차가 다녀야 하는 길이 정해져 있고, 행동의 규범이 정해져 있으며, 교육과정이 정해져 있다. 심지어는 장례 절차 또한 정해져 있다. 이처럼 우리 삶에서 죽음을 향한 과정은 이미 모두 정해진 노선으로 흘러가게끔 구축되어 있다는 느낌을 꾸준히 받아왔다.

우리가 살아가는 방식의 이유

· · · ·

나는 이질감과 타성으로 가득 찬 이 세상에 여러 질문을 던져보기도 한다. "사람들은 무엇을 위해 도덕규범과 사회적 합의를 지키는 것인가? 하고 싶은 거 다하며, 살고 싶은 대로 자유롭게 살면 안 되는 것인가?"

내가 생각하기에 사람들이 도덕규범과 사회적 합의를 지키는 이유는 무엇보다도 스스로의 자유와 안전을 사수하기 위해서다. 범죄자를 생각해 보면 법이라는 사회적 합의를 지키지 않았기에 사회 구성원들과 그들이 세운 기관으로부터 규탄을 받고 자유를 억압당한다. 우리는 사회를 구성하는 사람들과의 합의 안에서 서로의 생명과 삶을 보장한다는 암묵적 계약을 맺은 것이기에 사회가 정한 합의를 거침없이 투과하려는 이들에게는 가차 없이 응징과 벌을 가한다.

이는 범법 행위에만 국한된 규제 현상이 아니라 일상생활을 하면서도 비도덕적인 행위를 한다거나 개인이 소속된 집단 내 가치에 위배되는 행위를 할 때도 이루어지며, 결국 무리에게서 비난이 쏟아지고 그들로부터 받는 핍박과 모멸이 우리의 일상을 고통스럽게 만든다.

우리는 이를 피하기 위해 죽을 때까지 타인에게 끝나지 않는 해명을 반복한다.

도덕을 악용한 궤변

· · ·

　물론 범법과 비도덕적 행위로 타인에게 피해를 준 이들에게 이러한 규제는 정당하다.

　그러나 어느 새부턴가 사람들은 개인의 기준에서 타인의 행동을 바라보고서는 정당하지 못한 비난과 그 내용의 실제 여부가 명확하지 않은 비방들로 타인의 권위와 체면을 추락시켜 자신의 자존감을 채움으로써 만족을 느끼기 시작했다. 그래서 현대사회에 존재하는 대부분의 집단 내에서는 불필요한 비난과 해명이 난무한다.

　이러한 불합리한 비난에 대한 방어를 위해 사람들은 자신이 하는 행동의 이유를 세상에 증명하고, 일거수일투족 자신이 잘못되지 않았다는 사실을 해명하며 살아간다. 안타깝지만 이것이 악한 인간들이 살아가는 현대사회의 본모습이다.

　사회 전체의 이익을 위해 구성된 도덕과 법이 사사로운 이익을 좇는 개인의 이기심 때문에 변질되어 사회 전체의 이익에 오히려 손해를 가져다주고 있다. 결국 우리는 우리가 이를 인지하지 못하는 사이에 타인에게 피해를 주며 살아가고 있다. 한평생 이 사실을 모른 채로 사는 인간들이 대다수일 것이고, 솔직히 생각만 해도 역겹다. 자기 딴에는 반듯하고 올바르게 살았다고 자부하였을 텐데 말이다. 이런 악인들에게 하나부터 열까지 모든 책임을 묻고 싶은 심정이다.

위인의 사명

* * *

　우리는 세상과 악인에게 맞서 이제 이런 얄팍한 신념과 사사로운 이기심으로 세상을 파멸로 이끄는 나약하고 비열한 악인들의 선동과 날조에 휘둘려서는 안 된다. 우리에게는 집단이 촉구하는 해명의 요구가 사회적 규칙과 그 내용을 나란히 하고 있는지를 관조할 수 있는 객관적인 인지 능력을 함양할 필요가 절실하다. 스스로 생각하는 힘을 길러 사회적 합의에 주체적으로 동참하는 주인의식을 가져야만 한다. 이런 태도를 가진 위인들이 악인들을 무찔러 무고한 인간들의 곡소리를 멈춰줘야만 한다.

이성의 지배적인 통념

....

우리가 살아가는 이 세상은 이성의 독재적인 주도를 쉽사리 용인하고 독려하는 경향이 다분하다. 마치 이성으로 구성된 모든 것이 진리인 것처럼 간주한다. 이성적인 사고, 이성적인 행동, 이성적인 계획, 이성적인 관계, 이성적인 반성 그리고 이성적인 학습만이 세상을 이해하고 문제를 해소할 수 있는 유일한 해답으로 간주되어 이성의 중요성을 설파하고 입장을 관철한다.

그러나 현대사회에서 이성과 감정 중 이성에 대해서만 무분별하고 편파적으로 용인하도록 조장된 분위기는 잘못된 통념을 확산시키는 여지를 제공했다고 말할 수 있다. 흔히 과도하게 감정적인 사람이 특정 상황 속에서 상호 간에 감정을 그르치게끔 할 수준의 무지한 행동을 선행하면 해당 상황을 접한 사람들에게는 극단적인 요소 중 하나인 격정적인 감정의 폭발이 유독 부각되기에 감정 자체를 혐오하고 기피하게 되는 경향이 생기게 된 것이다.

슬픔이나 분노의 감정을 절제 없이 아무렇지 않게 표출하는 타인 때문에 피해를 본 사례나 격한 우울감이나 불안감을 해소하고자 타인에게 과격하게 의지하는 이들 때문에 피해를 본 사례와 같은 극단적인 상황들이 조명되어 왔고, 이를 접한 사람들의 감정과 시간의 소비가 가중되다 보니 이에 지친 사람들이 내놓은 생존의 우위를 점하기 위한 방

안인 것이다. 우리가 감정을 부정적인 것으로 인식하게 만드는 계기로 작용하게 된 것이다.

감정을 매도한 이성의 독재는 역사와 사물 그리고 현상과 사상들을 모두 획일화시킨다는 문제를 야기한다. 이는 이성의 문제점을 여실히 보여주는 대표적인 사례다.

감정적 행동에 의한 파괴적인 상황을 마주할 때마다 상황을 타개하고자 나타난 것이 매번 이성적인 사고였고, 이성은 훌륭하게 역할을 해내었기에 감정보다 이성을 더욱이 추종하게 된 것이다.

대부분의 문제를 해결한 것은 이성이었다. 면밀히 따져보면 우리가 살아가며 겪는 문제적 상황에서 감정적인 대처는 큰 도움이 되지 못했을뿐더러 오히려 상황을 더욱 악화시킬 뿐이었다. 감정은 우리에게 잠깐의 안위와 위안 그리고 격분의 해소가 되어줄 뿐 문제적인 상황을 근본적으로 해결할 보탬의 역할을 제대로 이행해 주지 못했다. 그렇기에 우리는 감정을 매몰시킨 채로 이성의 독재를 당연하게 여기기 시작했다.

감정의 쓸모

• • •

이성만큼 감정도 그 쓸모와 가치가 분명히 있고, 이성만을 추종했을 때 발생할 수 있는 문제 또한 존재한다. 우리는 대부분이 시각을 가졌고, 청각, 미각 그리고 후각과 촉각 등 동일한 감각을 가지며, 이를 통해 세상을 느끼고 이해한다. 세상을 바라보고 듣고 맛보는 감각이 인간이 세상을 인식하는 공통된 방식이자 특징이기에 우리가 세상에 대해 느끼는 모든 것들이 인간 모두에게 동일한 감각적 진실로 다가오는 듯하다.

그러나 우리가 바라보는 세상과 우리가 인식하는 방법은 모두 동일한 형태이지만 각기 바라보는 관점에 따라 느끼는 것은 천지 차이다. 우리는 같은 풍경을 바라보고, 같은 사물을 관찰해도 각기 다른 감정과 영감을 느낀다. 결국 서로에게 다가오는 사실과 진실에는 경험적 견해에 따라 차이가 있는 것이다.

개인 간에 같은 세상을 보고도 다르게 인식하는 그 과정에는 인생전반의 경험들로 구축된 개인만의 이상과 감정적인 사고, 즉 선입견이 개입하기에 차이가 발생하는 것이다.

개인 간 선입견의 이해 없이 감정적인 사고의 배제로 인해 이성적인 사고를 통한 제한된 진실과 해답만이 세상에 존재한다고 인식하게 되므로 첨예한 갈등이 빗발치게 되었다. 이를테면 내가 바라보는 위치에서의 사과는 붉은색이지만, 반대편에서 사과를 바라보는 사람의 시야에서는 햇빛으로 인해 그늘져 붉은색이 아닌 검은색으로 보일 수 있다. 그럼에도 각자의 입장에서만 사과의 색을 주장하니 색은 위치에 따라서 다른 두 가지 색으로 보이는데도 각자의 입장에 맞춰 색(답)을 한 가지로 제한시키듯이 말이다.

이것은 공감을 통해 해소할 수 있다. '상대의 위치에서는 어떻게 보일까?', '상대의 생각과 마음이 어떤 모습이기에 나와는 다른 색으로 사과를 파악한 것이지?'와 같은 식으로 상대의 입장을 고려하고 배려해 주려는 선한 감정의 마음이 필요하다.

이로써 감정은 우리가 세상을 이해할 수 있도록 도와준다. 이성과 같은 논리적인 사고방식만이 세상을 이해하는 데 도움이 되는 지능적 능력이 아니라 감정적으로 세상에 몰입하고 공감하는 것 또한 지능적 능력의 일환으로서 우리가 살면서 이해하기 어렵고 고뇌했던 것들을 받아들일 수 있게끔 도움을 줄 것이다.

그러나 과도한 감정의 주도만으로 세상을 느끼려 해서는 안 된다. 이성으로 파악할 수 있는 것은 표면적인 부분과 논리적인 체계에 따른 방식과 사고이고, 감정으로 파악할 수 있는 것은 이면적인 부분과 경험적인 공감에 따른 동요와 연민이다. 우리는 이성과 감정의 중용을 지켜야만 한다.

중용을 잃은 인간의 편협함은 우리를 미망에 빠지게 만들고, 자기기만에 익숙해지게 만들 뿐이다. 이성의 힘을 망각한 채로 감정으로만 세상을 바라보면 사물과 현상의 분간을 확실히 이행할 수 없다. 진실의 이면을 깨닫고 이성과 감정을 적절히 활용하여 우리가 직시하는 세계의 배후를 느껴야 한다.

눈을 뜨고 귀를 열고

· · ·

어찌 진실이자 진리라는 이름을 가지고 감히 여러 형태를 취할 수 있겠는가? 이성이 진실과 가장 가깝다는 명제는 진리가 아니다. 이를 통해 우리는 우리가 어쩌면 '눈 뜬 장님'이지 않을까 하는 시사점을 제공받을 수 있다. 그렇기에 우리는 감정과 이성 간의 적절한 조화와 수용의 태도로 세상을 바라보며 살아가야 한다.

이로써 우리는 다채롭고 다각도의 세상을 여럿 이해함으로써 시야와 마음의 폭을 넓게 관장할 수 있게 된다. 그럼 인생이 한층 더 흥미롭고 무궁무진해진다. 그렇기에 이성만 추구하는 흔히 눈 뜬 인간의 감각만이 결코 진실이자 진리일 수는 없는 것이다. 때로는 눈 감은 인간이 느끼는 감정적인 감각이 진실이 될 수도 있는 것이다. 가변적인 세계에서 어찌 정답을 한 가지로 국한한 채 장님마냥 살 것인가, 현시점에서 우리에게 절실히 요구되는 사안은 이상과 감정의 조화로 세상을 다각도에서 바라볼 수 있는 인지 능력이다.

일례로 나는 감정의 터득을 위해서 우는 연습을 시작했었다. 지금은 우는 것이 쉬워졌다. 단지 우는 것을 뜻하는 것이 아니라 순간에 몰입을 의미한다. 내 눈앞에 있는 저것의 처지에 빠져보는 것이다. 그것이 인간이 되었든, 동물이 되었든, 자연이 되었든, 무생물이 되었든 말이다.

달리기를 하며 울어보기도 하고, 영화를 보며 울어보기도 하고, 노래를 들으며 울어보기도 하고, 그냥 저 창밖을 바라보며 울어보기도 하고, 방 안에 불을 다 끄고 어둠에 취해 울어보기도 했다. 세상을 감정으로 이해하려고 절실히 노력했다.

그로부터 마음의 불안과 시기 질투 그리고 극단적인 이기심이 많이 사라졌다. 상대의 처지에 깊이 빠져드는 것이 더 이상 내가 무엇을 두려워할 이유도, 탓할 이유도 없이 청렴결백한 마음의 상태가 되도록 만들어주었다. 감정의 수용이 나를 더 관대한 사람으로 만들어주었다.

2.

후회의 걸음

:

허무한 후회와 보람찬 성찰

．．．

인생을 살아가며 우리 인간들은 수많은 실수를 하고, 후회의 연속인 나날들을 보낸다. 흔히 어제의 내가 가졌던 굳은 신념이 오늘의 나에게는 허황된 객기로 보일 수도 있고, 오늘의 내가 보인 영웅적인 면모가 내일의 나에게는 그저 나약한 노예의 모습으로 보일 수도 있다. 과거에 했던 행동들을 떠올리며 그 당시에는 옳다고 고집했던 행동들이 시간이 지나고 나서 되짚어보니 가여울 정도로 미성숙하고 부끄러운 행동들이었다는 사실을 깨달을 때도 있다.

이처럼 하루하루 우리의 생각은 끊임없이 변한다. 그러나 이와 반대로 과거에 주체했던 행동과 사건은 변하지 않고 고정되어 있다. 그렇기에 우리는 변화한 생각을 기준으로 삼아 개인이 살아온 지나간 인생에서 부정적이라고 여겨지는 부분에 대해 쉽사리 후회하고 반감을 가지게 된다.

이것은 미약하고 허술한 부분은 도려내고, 견고하고 숙련된 부분에서의 주도를 수용해야만 하는 인간의 생존을 위해서는 당연한 이치이자 인간의 진보를 위한 걸음에서는 필수로 동반되어야 하는 기본적인 사고방식이다.

이렇듯 후회는 인간이라면 누구나 진화를 위해 필연적으로 겪어야

할 당연한 과정이지만, 우리는 후회'만'을 반복하고, 그 이상으로 나아
가지 않기에 과정은 지난날의 과오가 담긴 폐기물로 치부되고 진화를
향한 진전은 미뤄지며 후회로부터 과도한 압박과 좌절을 겪어 스스로
의 인생에 부정적인 낙인을 찍어간다.

변화에 반응하는 후회와 무한히 변하는 세상

· · ·

우리가 살아가는 세상은 변화한다. 물론 개인뿐만이 변화하는 것이 아니라 사회, 자연, 시대도 변화한다. 개혁과 혁명이 일어나고, 따라서 정권이 수도 없이 많이 교체되었으며, 전쟁과 같은 파괴적인 상황들이 국제 정세에 영향을 주어 수시로 정치체제와 경제체제가 바뀌어 왔다. 또한 산이 깎이고, 해수면이 상승하며, 지구는 날이 갈수록 더워지는 것처럼 세상은 쉽게 체감할 수 있을 정도의 속도로 빠르게 변해가고 있다.

이런 급진적이고, 가변적인 세상에서 우리가 목격할 수 있는 유일하게 변하지 않는 것이라고는 죽음과 같은 운명뿐이고, 이외의 것들은 모두 빠른 속도로 변화하기에 우리는 아무래도 끊임없이 변화하는 자신과 세상에 대해 반복되는 후회를 하며 결국 쳇바퀴 속에서 죽기 전까지 후회라는 무한한 걸음을 반복할 것만 같다.

후회의 늪에서 우리를 꺼내줄 동아줄 '성찰'

. . .

그러나 후회의 걸음을 반복하지 않고, 더 나아갈 곳이 우리에게는 있다. 그것은 성찰이다. 앞서 이야기한 것처럼 우리는 과거의 행동을 개탄스럽게 여길 때가 있다. 성찰이란 개탄스러워 하는 것에서 그치지 않고, 후회한 내용을 현재 그리고 미래의 자신에게 적용해 해결책을 모색하고, 이를 밑거름으로 삼아 인생에 있어 긍정적인 방향으로의 변화를 주도하는 것이다. 즉 미래지향적이고 능동적이며 주체적인 삶을 사는 것이다. 후회에 매몰되는 것이 아니라 빈번히 자신을 매몰시키려고 시도하는 후회의 늪을 비집고 나와 그 위에 당당히 서있는 것이다. 이것이야말로 회한을 가져다주는 상황을 타개할 인생의 진리이다.

우리는 성찰이라는 진리를 자신의 인생에 접목시킬 수 있는 사람이 되어야 한다. 이를 통해서만 우리는 한 번뿐인 인생에서 자신이 원하는 진정한 삶을 영위할 수 있게 된다.

후회의 세계와 성찰의 세계에 대하여

· · ·

후회와 성찰의 실행 유무의 여부를 기준으로 인간 유형을 두 부류로 구분할 수 있다. 좌절과 압박이 빈번한 허무한 후회의 세계에서 세월을 한탄하며 사는 인간이 있는 반면, 후회를 성찰의 원동력으로 사용함으로써 무한한 성장을 하며 스스로의 자아와 신념에 부합하는 보람찬 성찰의 세계를 사는 인간도 있다.

우리 인간은 인생에서 고통을 느끼기보다는 의미와 행복을 느끼기를 바라기에 전자에 해당하는, 후회로 인한 좌절의 반복이 포함되는 삶보다는 성찰로 무한한 성장을 하여 인생에 긍정적인 낙인을 찍어가며 사는, 앞서 언급한 인간 유형 중 후자와 같은 인생을 사는 인간이 되기를 원한다. 그렇게 해야지만 후회라는 고통 속에서 벗어날 수 있기 때문이다.

그러나 아쉽게도 대부분의 인간은 전자와 같은 인생을 살기 마련이다. 그러다 가끔이나 성찰의 세계를 다녀오기도 하지만, 이는 후회에서 성찰을 향한 혹은 허무에서 보람을 향한 삶의 진척에 유의미한 영향을 끼치지는 못한다. 그렇기에 우리는 지속적인 성찰을 할 수 있는 인간상과 삶의 태도를 구체적으로 구상하고 추구해 보아야 한다.

우리가 추구해야 할 인간상은 니체가 말했던 초인과 같은 인간이다.

초인이라면 자기 자신을 극복하고, 외부에서 삶의 개척점을 찾는 것이 아닌 내면에서 찾으며 실천을 중시하는 인간이다. 보통 인간이라면 후회를 반복하다가 생을 마치겠지만, 니체가 말했던 '초인'과 같은 존재라면 후회의 늪에서 탈출하는 것이 가능하다. 또한 이들은 후회의 늪을 넘어서 후회의 세계와 성찰의 세계를 모두 관장할 수 있는 자격을 갖추지 않았나 생각해 본다. 따라서 우리가 추구해야 할 인간상은 바로 초인과 같은 것이다.

후회와 성찰의 세계 속 우리에 대하여

• • •

내가 생각하는 후회와 성찰의 관계는 다음과 같다. 최초에는 모든 인간이 특정 상황에 대한 후회로 관념 속 후회의 세계에 진입한다. 그것도 무척이나 무거운 벽돌 여러 장을 짊어진 채로 말이다. 여기서부터 후회와 성찰의 세계를 관장할 '초인'을 선별할 시험이 시작되는 것이다.

어떤 이는 무거운 벽돌을 지는 수고와 인내를 감수하는 것을 원치 않고, 등에 얹은 벽돌과 함께 어딘가로 향할 때 동반되는 불쾌함과 불편함을 겪지 않기 위해 스스로에게 거짓된 안위를 설파하고, 거짓된 안위를 인생의 신조로 삼아 후회의 세계에서 제자리에 머무르는 인생에 안주하는 반면, '초인'은 무거운 벽돌을 저편의 세계로 옮길 수고스러운 고뇌와 실천을 반복해 저편의 세계에서 무거운 벽돌을 옮긴 보람을 느끼며 자신만의 웅장한 성을 짓는 것이다.

그렇게 성찰의 세계에서 보람을 느낀 이들은 다시 한번 보람찬 성과를 일궈내기 위해 또 다른 자신만의 성을 지으러 다시 후회의 세계에서 시작하여 손에 잡히는 모든 벽돌을 성찰의 세계로 옮겨 기존에 지었던 성을 뛰어넘는 자신만의 도시를 구축하기에 이른다.

여기에서 모든 인간에게 해당하는 인생 본연의 궁극적인 목적 중 하나인 '자아실현'이라는 꿈이 이루어지는 것이다. 더 나아가 성찰의 세계에서 자아실현을 이루어낸 이들과 후회의 세계에서 자아실현이 좌절된 이들 간에 인격과 인생의 격차가 벌어지기 시작하는 것이다.

이것이 내가 생각하는 후회와 성찰의 관계이고, 그곳에서 살아가는 두 부류 인간의 모습이다.

고 찰

. . .

　나와 같은 인간들은 위에서 설명한 '초인'으로서의 인생과 역할을 원한다. 그러나 나를 포함한 대부분의 인간은 찰나의 안위를 누리기 위하여 무의미하게 인생이 허비되고 있다는 사실을 알고 있음에도 꾸준히 후회만을 반복해 왔으며, 자기 나름의 인내와 성찰을 통해 무의미한 후회에서 벗어났다고 여길 때쯤 다시금 같은 실수를 하며 살아왔다. 결국 제자리걸음보다 아주 미미한 수준의 진전을 보이는 사소한 걸음을 걸어가는 삶을 살아온 셈이었던 것이다.

　이런 식으로 굳건한 마음이 해이해지며 끝내 나약해지는 마음을 품고 살아야 하는 우리를 보면 사소한 걸음을 내딛는 것보다 풀썩 주저앉는 것이 우리에게는 최선의 노력으로 여겨지는 것은 아닐까 싶기도 하다.

　그럼에도 수많은 번뇌에서 깨달음을 얻고 다시 한번 주저앉은 자리에서 일어나 당차게 걸어나가는 때와 과정도 있기에 반복되는 실수를 지속적으로 만회하며 고결한 자아에 가까워지는 성장을 한다고 생각한다.

　별 의미가 없을 듯한 아주 사소한 걸음을 수없이 반복하다 보면 어떤 때는 평소보다 큰 걸음을 내딛을 때도 있고, 어떤 때는 한 걸음 뒤로 물러나 일전에 걸었던 거리와 발자국을 바라보며 계획했던 노선을 변경하기도 하며, 이를 통해 자신을 갈고닦고, 때로는 큰 깨달음을 얻어 인생에 전환점과 발판이 마련되기도 하는 것임을 수도 없이 고통스러운 고뇌와 불쾌한 아무는 시간이 지나고 나서야 깨달았다.

이처럼 다시금 일어나 앞으로 나아갈 때도 있기에 후회가 마냥 허무하기만 하고 무용지물인 것이 아니라 성찰과 뒤이은 성장을 향한 다리를 마련해 주는 각별한 사연과 의미가 담긴 값진 경험이자 시간이라는 생각이 든다. 이렇게 고뇌와 인내의 과정을 통해 나도 성찰의 세계에 걸음을 내딛기 시작했다.

우리가 쉽사리 주저앉는 이유

• • •

그렇다면 우리가 삶에 절망하고 쉽게 주저앉는 근본적인 이유는 무엇일까? 내가 생각하기에 우리가 주저앉는 이유는 미래에 대한 불확실성 때문이다.

우리에게는 우리가 목표를 위하여 행하는 행동의 대부분이 처음일 확률이 높기에 해당 행동의 결과가 무엇일지 가늠밖에 할 수 없고, 따라서 결과에 대한 직접적인 경험과 증빙을 획득하기 힘들며, 행동에 대한 즉각적인 보상이 전무하니 동기를 얻기도 힘들뿐더러 그나마 가지고 있던 동기마저 잃는 것이다.

마치 학생들이 공부를 하지 않고, 공부를 해야 하는 이유를 납득하지 못하는 이유가 즉각적으로 공부를 통한 보상과 학업을 통한 긍정적인 효과가 나타나지 않고, 자신이 원하는 보상을 미래에 확실히 얻을 수 있다는 근거와 확신이 없기 때문인 것과 같은 이치다.

이는 누구나 보편적으로 가지고 있는 사고방식이기에 자신만이 포기하는 것이 아니라 모두가 똑같을 것이라고 생각하는 일반화를 통한 합리화를 하게 되고, 우리는 이것이 합당하며 합리적이라는 자기 기만적 사고에 동화되어 쉽사리 포기하고, 이를 합리화하는 경험이 필연적으로 우리의 인생 과정에 해당하는 사건 혹은 결과처럼 여긴다.

때문에 도전 중에 쉽사리 주저앉는다는 사실이 납득할 만한 듯하다고 생각하기에 십상이지만 내가 바라보기에는 그저 스스로의 내면에 존재하는 나약함과 두려움의 존재를 외부로 끌어 비추는 결과에 대해 부끄러움과 열등감을 느끼기에 자신의 나약함에 당위성을 부여하는 안일한 태도일 뿐으로 보인다.

상황을 한 가지 가정하고, 질문을 하나 던져보겠다. 짐승이 한 마리 있다. 그 짐승은 후회라는 짐승이고, 당신이 의식하든 의식하지 않던 무작위 시점에 당신을 쫓아온다. 그렇다면 당신의 뒤에서 갑자기 짐승이 쫓아온다면 위기를 직감한 즉시 자리에 주저앉아 산 채로 잡아먹히는 고통을 감내하며 죽음을 의연하게 맞이할 수 있는가? 절대로 아닐 것이다. 어떻게든 잡아먹히지 않기 위해 있는 힘껏 발버둥을 칠 것이다.

후회의 성질은 이와 같고, 후회와 인간의 관계 또한 이와 같다. 후회는 우리를 산 채로 잡아먹는다. 단지 우리가 이 짐승을 마주하고 인식하기에는 한없이 무지하고 무감각하기 때문에 언제 짐승이 나를 잡아먹을지 두려워하며 살아갈 뿐이다. 그렇게 짐승이 자신을 덮치면 고통스럽게 죽어가고 있지만, 왜곡된 의미와 괴이한 환상을 자기 자신에게 덮어씌우며 고통스럽지 않은 척을 해보지만 끝내 고통 속에서 울부짖는 최후를 맞이하게 된다.

불현듯 과거의 실수가 떠오르며 이것이 정신적 고통을 수반한 경험은 누구나 한 번쯤은 있을 것이다. 그때가 당신의 감각과 이성이 돌아온 순간이다. 짐승에게 잡아먹힐 것이라는 인식이 돌아온 순간이다. 그러니 그때의 감각과 감정을 잃어버리지 말고 기억해 두며 거기서 깨우쳐라. 그 시절의 경솔함을, 그 시절의 무례함을 그리고 그 시절의 거짓된 안도감을 말이다. 마지막으로 묻겠다. 당신은 당신을 좇아오는 짐승이 보이는가?

3.

살아있음을
느끼는 순간

⋮

우리가 생각해 온 행복

• • •

명예와 권력 그리고 돈, 이것이 인간의 인생이 성공적이었는지 총체적으로 평가하는 지표이자 기준이 되어있는 오늘날이다. 너나 할 거 없이 삶의 목적이 명예, 권력, 돈으로 귀결된다. 이것들이 우리에게 일정량만큼의 행복을 가져다준다는 사실에 대해서는 부인하지 않겠다. 그러나 일정량을 초과하는 행복을 가져다준다는 착각은 안일한 망상이라고 생각한다. 즉 이것들은 인생의 일부를 충족하기 위한 수단일 뿐이고, 인생의 전부인 것마냥 목적이 되어서는 안 되며, 인생을 끝까지 책임져 주지도 않는다.

우리가 행복이라고 생각하는 것에 대한 기준이 대개 우리가 사는 나라의 사회적 분위기, 경제 및 정치체제 그리고 역사의 영향력 아래에서 세워진다. 그렇기에 모든 것이 시장 경제의 원리에 따라서 움직이고, 교환이라는 경제적 행동이 세상을 지탱하는 행동으로 대두된 현대사회이니만큼 돈의 중요성은 나날이 증가하고, 이에 따라 돈과 행복을 일맥상통한 것으로 여기는 사람들이 대거 등장하기 시작한 것이다. 여기까지는 어디에서나 들려주는 아주 진부한 이야기일 것이다.

그렇다면 돈이 아닌 인생의 어떤 부분에서 그리고 세상의 어떤 것에서 행복을 찾아낼 수 있을까? 이것에 대한 해답을 찾기 위해서 우리는 아주 어릴 적, 가능한 가장 어린 시절의 기억과 감정으로 귀의해야 한다.

어린 시절에 우리는 더할 나위 없이 순수하면서 한편으로는 무지했다. 우리는 있는 그대로 존재했다. 어딘가에 얽매이지도, 무언가에 빠져들지도 않은 태초의 모습이었다. 그 당시에는 별거 아닌 모든 것들이 즐거웠다. 참새의 지저귀는 소리, 친구의 방귀 소리, 옆집 강아지의 재롱 등 모든 것이 새롭고 신비로웠다.

그러나 지금은 부모, 학교, 사회가 마련한 틀 속 환경에 물들였고, 돈에 얽매이면서 배금주의를 품게 되었고, 사소하며 일상적인 행복에 무뎌지고, 사회가 정립해 놓은 공식에 맞춰 인생의 답이 정해졌다. 무지한 백지 상태에서는 편견이 없고 기준이 없으니 세상 모든 것들을 있는 그대로 받아들일 수 있었다. 그러나 의식과 사고에 주입되고 개입하는 정보와 관념의 양이 늘어나니 자신만의 색이 칠해지고, 이에 따라 편견이 난무하고 기준들이 확고해지며 현대사회와 문화권이 제공한 정보의 내용에 따라서 세상의 모든 것을 선별적으로 받아들이고 멋대로 평가한다. 태초의 기억과 감정으로 돌아가 행복이 무엇인지 곰곰이 생각해보는 시간이 지금 우리에게는 절실하다.

행복이란 무엇이고, 어떤 것이 우리의 행복을 망칠까?

• • •

우리는 모두 순간에 집중하고 몰입해 본 경험이 있다. 그 경험은 어린 시절에 온갖 신비로움에 매료되어 별다른 인식의 개입 없이 몰입했을 때, 어떤 목표를 달성하기 위한 간절함이 자신을 이끌 때 경험했을 것이다.

무의식 속에 잠재하는 몰입에 대한 호의적인 감정과 본능적인 이끌림이 있는 반면, 우리가 가지는 의식이 몰입에 대해 가지는 인식은 두뇌의 과부하, 정신적 고갈, 육체의 피로 등이 일반적이다. 이로 인해서 사람들은 몰입하는 순간을 최소화하고, 몰입을 일이나 학업 등에서만 발휘해야 하는 직업적인 특성으로 받아들인다.

사실 이조차도 몰입이라고 생각하기는 어렵다. 능동적이기보다는 수동적인 동기가 더욱 강하게 작용하기 때문이다. 사회가 가진 암묵적인 분위기의 강제성, 타인과의 끝나지 않는 비교를 통한 정체되어 있다는 불안감이 가짜 몰입의 주된 재료이기에 어쩌면 우리는 삶에 거의 몰입하는 순간 없이 살아가고 있을 수도 있다.

그러다가도 어느 날에 진심으로 최선을 다한 하루를 보낸 날에는 허탈하고 초조한 감정보다는 후련하고 무언가 가슴속에 가득 찬 정신적으로도 감정적으로도 배부른 느낌을 받는다. 비록 눈꺼풀이 무겁고, 몸이 힘들지만 뿌듯하고 잠자리에 들기 전 하루에 대한 여한을 느끼지 못할 만큼 만족스러운 하루라는 순간순간의 집합이 부여하는 허무와 반대되는 감정을 느꼈을 것이다.

내가 생각하는 행복은 바로 이것이다. 자신의 감각이 총동원되어 순간순간에 몰입하여 감정이든 생각이든 행동이든 자신의 것을 가득 채워 넣었다는 감각이 우리의 인생을 행복하고 윤택해지게 만들어준다고 생각한다.

게임과 같이 크게 쓸모없어 보이는 것에서도 최선을 다한다면 행복을 느낀다. 쾌락이 아니라 행복을 말이다. 약간의 피로가 따르겠지만 지나간 시간 속에 나를 완전히 그리고 온전히 담아내었다는 인간만이 느낄 수 있는 감각은 다른 무엇과도 견줄 수 없을 수준의 구별되는 확실한 충만감을 안겨준다. 행복을 위한 몰입은 사랑을 할 때에도, 글을 쓸 때에도, 대화를 나눌 때에도, 여유를 즐길 때에도, 불행을 받아들일 때에도 언제나 실행 가능하기에 행복해질 기회는 누구에게나 똑같이 주어진다.

그렇다면 이토록 많은 기회를 놓치게 만드는 방해물은 무엇일까?

첫 번째는 몰입적인 삶에 대한 사회적 평가와 인식이 긍정적이지 않다는 것이다. 정확히는 특정한 몇 가지 행동 외에는 몰입할 필요를 느끼지 못한다. 흔히 청소년기에 학업에 몰두하는 것과 같이 가시적으로 포착되고 사회에서 장기간 주목되는 업적들에 대해서는 압도적으로 긍정적인 시선이 사람들의 눈을 뒤덮고 있다.

반면에 청소년기에 놀이에 몰두하는 것과 같이 실질적인 도움이나 성과의 가시화가 어려운 분야들에 대해서는 범죄 행위라도 저지른 것마냥 환멸과 편견의 시선이 눈앞을 가린다. 두 가지 행동 모두 순간에 몰입하고 최선을 다하기에 학업적 특성에 있어서는 후자가 뒤처질 수 있어도 인생적 가치에 있어서는 모두 동등한 행복과 가치의 단초를 지니고 있다. 그저 우리에게는 학업에서 이뤄낼 수 있는 업적에 대한 무분별한 집착이 그 외의 몰입에 대한 몰이해와 편애 그리고 편파적인 사고를 낳았을 뿐이다.

그래서 일상 중 직업적인 부분에서의 몰입만이 유일한 집중의 대상으로 간주되어 그 외에 삶의 부분들에 대해서는 얕고 가볍게 빠져들어야 한다는 강한 인상을 남겼다. 오랜 시간 축적된 문화이니만큼 쉽사리 이에 대한 인상을 바꾸기란 여간 쉬운 일이 아닐 것이라고 생각한다.

두 번째는 행복에 집착하는 것이다. 우리는 행복에 집착하지 않아야 한다. 오히려 행복에 집착하면 불행해진다고 생각한다. 행복은 감정이고, 감정은 본능이 이끄는 도착지 중 한 곳일 텐데 우리가 느끼는 감정은 행복만 있는 곳이 아니다. 본능적 이끌림이 도달한 곳일 뿐이며, 행복 외에도 우리가 도달할 수 있는 감정의 공간과 우리를 기다리는 새로운 경험은 분명히 존재하고 있다.

이것들은 행복과의 사소한 연관성을 가지고 있지만, 확연히 구별되는 각각의 독립적인 특성 또한 가지고 있다. 인생에 도움이 되지 않을 것처럼 마음을 울리고 아프게 하는 것들도 있고, 입가에는 환희를, 눈빛에는 총명함을 담아주는 것들도 있다.

한쪽에 치우쳐짐 없이 돌고 도는 감정의 경험들은 삶에 의미와 활력을 제공한다. 행복은 순간을 받아들일 때 생겨난다. 행복을 받아들이려는 태도가 아니라 슬픈 순간이 되었든, 분개하는 순간이 되었든, 활기찬 순간이 되었든 순간 자체를 받아들일 때 행복해진다. 이런 행복의 원리에 위배되는 것이 집착이다.

행복과 반대되는 불행과 같은 것이 없다면 행복에 대한 우리의 체감은 둔해질 것이다. 대비되는 감정 없이 온전히 한 가지 감정만을 느끼는 행위는 인간으로서의 감각을 마비시키기 때문에 오히려 연속되는 행복들이 연속되는 불행이 될 것이고, 중간마다 개입하는 순수한 진짜 행복이 대비를 구성해 연속되는 불행을 고스란히 느낄 수 있도록 악랄한 도움을 줄 것이다.

이러한 개탄스럽고 모순적인 상황을 예방해 줄 수단이 순간의 수용이다. 행복에 집착하는 동안 놓쳐왔던 순간순간을 받아들이는 연습이 필요하다. 그 순간들이 고통스러운 순간이어도 말이다. "결과에서 기대치를 뺀 값이 행복"이라는 말이 있듯이 기대치(집착)가 클수록 의도한 바와는 다른 양상으로 흘러갈 것이다.

행복을 구매할 수 있다면

• • •

우리가 언제나 행복하고 마음에 드는 시간을 보낼 수는 없다. 어느 시간에는 이렇다 할 생각이나 감정이 느껴지지 않을 만큼 무감각한 내가 돋보이는 때도 있고, 또 다른 시간에는 처량한 내 모습이 불쌍하게 보여 가슴이 먹먹해지는 순간도 분명히 있다.

이런 순간에 우리는 진정으로 기뻐할 기회를 얻을 수 있다고 생각한다. 무정하고 불행한 순간이 행복과 대비되기에 행복을 포착할 감각을 기를 수 있는 것이다.

위에서 이야기한 불행과 행복의 대비는 배고픔과 배부름 간에 관계와 일맥상통한다. 매일이 배고프다면 배부름을 이해할 수 없고, 평생의 굶주림은 고통의 체중을 늘릴 뿐이다. 이 상황에서 배부름을 경험할 사건이 개입한다면 고통의 체중은 양쪽으로 분산되고, 일부는 소멸할 것이다. 왜냐하면, 중용 없이 과도하게 한쪽으로 치우쳐짐이 동반한 고통을 배부름이라는 새로운 기준이자 상황을 추가함으로써 과도함을 덜어내고 어느 정도의 조화를 이루도록 조성하였기 때문이다.

이제 한 단계 나아가 '행복을 구매할 수 있다면'에 대해 이야기해 보려고 한다. 모두가 나와 같지는 않겠지만, 나의 시선에서는 검소함과 저축을 기대하고 때때로는 강조하는 풍조가 이 세상에 만연한 것처럼 보인다.

세상에는 두 부류의 인간이 다수를 차지한다. 언제까지고 검소한 사람과 언제까지고 사치스러운 사람이 그 자리를 차지한다. 나는 두 부류를 모두 경험한 사람이고, 전환점은 군대였다.

사치가 배제되어야 마땅할 성격인가? 검소함이 추앙받아야 마땅할 성격인가? 전역할 때쯤 문득 떠오른 질문이다. 깊이 생각해 봤다. 눈을 가볍게 감고 상상해 봤다. 앞서 얘기한 배고픔과 배부름의 중용이 검소함과 사치의 성격과 유사했다.

연속되는 배고픔은 불행이고, 연속되는 배부름 또한 불행이다. 이어지는 재산의 침묵은 불행이고, 이어지는 재산의 오지랖 또한 불행이다. 그렇다면 나는 어떻게 해야 할까? 검소함은 진정 즐기고 행복을 살 수 있을 순간에 침묵을 유지해 행복을 잃게 만들고, 사치스러움은 인내와 고통을 감내해야 하는 순간을 구분하지 못하고 앞서 오지랖을 부려 배부름의 고통을 가져온다.

그렇기에 평소에는 검소하다가도 행복이라는 절정의 순간에 잠시 사치스러운 인간으로 탈바꿈해야 한다고 생각한다. 이를테면 여행을 가거나 소중한 사람, 좋아하는 사람과 함께하는 시간에 우리는 사치를 부려야 한다. 오지랖 넓은 사람이 되어야 한다. 우리가 유일하게 행복과 만족 그리고 사랑과 여유를 살 수 있는 시간이기 때문이다.

'행복을 구매할 수 있다'. 이 한마디가 내포하는 이율배반적이고 모순적인 주장이 실현될 수 있는 사실이었다는 것을 나는 경험했다. 나는 오지랖이 넓지만, 침묵을 지키는 사람이다.

시공간을 초월한

· · ·

아침이 되면 밤새 감고 있었던 눈을 뜬다. 숨을 깊게 들이쉬고는 쓴맛이 나는 먼지와 함께 밥을 삼키고 사소한 울림을 가져다주는 낡은 책을 읽고 진땀을 흘리며 심장 소리에 주목할 수 있게 도와주는 격한 운동을 마친 후 늦은 오후에 사람들과 삼삼오오 모여 짧은 대화를 나누며 하루를 마무리한다. 때로는 깊은 생각에 빠져 우울하기도 하고, 환희를 느낄 만큼 격정적인 감정을 불러일으키는 사건 앞에서 굴복하듯이 무릎을 꿇기도 한다. 그렇게 수많은 상황을 마주하고, 이러한 경험에서 다시 무한한 감정과 영감 그리고 사유를 가지게 된다.

우리 인간은 평화적인 경험이든 호전적인 경험이든 어떤 경우에서나 감정을 느끼고 사유를 가지며, 이로써 지난 과거 혹은 현재와 시공간을 초월하여 일심동체가 되는 경험을 하게 된다. 이를테면 오래되고 깊은 연인과의 이별이라는 외부적 경험이 나를 슬프고 외롭게 만듦으로써 내면의 내가 가진 감정을 불러일으켜 외부의 상황과 내부의 심정이 일치단결하게끔 만든다.

또한 과거에 연인과 쌓았던 추억들을 곱씹어 보며 과거와 현재의 내가 감정을 공유하게 된다. 이럴 때면 외부의 상황과 환경이 가진 성질과 특성을 내면의 나와 동시에 느끼는 듯한 동질감이 들기도 한다. 마치 감명 깊은 영화에 나의 상황과 감정을 투영해 깊이 있는 공감을 느끼는 것처럼 나의 경험이라는 영화에 깊이 있는 공감을 느낀다. 내가 지금 겪고 있는 사건이 마치 살아있는 유기체처럼 살아 움직이며, 나라는 육체로서의 생명체와 정신으로서의 생명이 삼위일체가 되는 기분이 들기 마련이다.

이것이 살아있음을 느끼는 순간일까, 우리는 살아있는 것이 맞을까 하는 생각이 드는 계기를 동질감이 마련해 준다.

인형과 나

· · ·

우리가 언제 살아있다는 것을 증명할 수 있을까에 대해 생각했다. 나는 무언가를 깨닫고 지식을 습득하여 이를 나만의 지혜라는 새로운 방식으로 재창조하여 '글'이라는 실체를 방출해 낼 때 살아있음을 느낀다. 즉 글을 쓸 때 살아있음을 느낀다는 것이다. 글을 쓴다는 것은 자신의 내밀한 곳에 존재하는 여념들을 언어적 표현으로 외부로 연장시키는 것이다.

몸은 살아있지만, 머리가 죽어있다면 살아있다고 할 수 있을까? 내대답은 '살아있지 않다.'이다. 인형도 누군가가 조종하면 몸이 살아나고 움직인다. 하지만 인형이 움직이는 것은 머리가 살아있기 때문이 아니라 몸이 실존함으로써 외부적 간섭에 의해 살아날 수 있는 조건을 충족했기 때문이다. 애초에 인형의 머리가 살아있을 수가 없다.

인형에게는 '몸'이라는 실체는 있지만, 세상과 자신을 구분 짓는 그리고 자신과 타인을 구분하는 등의 생각을 주도하는 '이성'이라는 정신적혹은 영적 본체가 존재하지 않기에 살아있다고 할 수 없다. 이는 스스로 생각하지 않는 사람에게도 마찬가지로 적용된다. 타인의 간섭과 사회의 눈속임에 의해 육체를 수동적으로 움직이고, 정신은 이미 삶을 주도하려는 의지가 결여되어 있어 생각하지 않는 사람은 살아있지 않은 것이다.

창작은 나의 삶이고 의지다

• • •

몸이 살아있음은 몸이라는 실체가 있고, 움직임이 눈으로 보이기에 증명해 낼 수 있다. 그렇다면 머리가 살아있음은 어떻게 증명할 수 있을까? 답은 눈에 보이지 않는 생각을 감각을 이용하여 식별할 수 있는 실체로 변환하는 것이다.

나의 생각을 나만의 방식으로 글을 써내면 이성이라는 본체가 현실 세계로 연장되어 '글'이라는 실체를 드러나게 된다. 그러니 창작은 머리와 정신이 살아있고, 그러므로 스스로가 살아있다고 증명할 수 있는 방법이다.

이렇듯 논리적으로 내가 살아있음을 증명해 낼 수 있는 방법이 글쓰기라는 행위 그 자체이기에 나는 글을 쓸 때 내가 진정 살아있음을 느낀다. 당신들은 어느 순간에 살아있음을 직감하는가?

꿈만 같은 세상

. . .

  꿈만 같은 세상, 우리는 종종 허황된 희망 혹은 종교적 세계관이나 부단한 노력으로 삶의 끝에서나 이루어낼 수 있을 법한 궁극적인 욕망의 실현을 두고 꿈만 같은 세상이라는 말을 사용하고는 한다.

  그리고 우리는 매일 밤 꿈속으로 여행을 떠나며, 그 안에서는 우리 인생 전체의 경험에 기반을 둔 다채로운 꿈들을 꾸며 소망하는 일, 보고 싶은 사람, 죽을 듯이 원망스럽던 과거와 같은 기억들이 우리에게 적절한 시기에 그리움의 감정과 현재를 사는 나로서의 능동적인 다짐을 불러일으킨다. 이러한 생물학적인 꿈의 특성에 빗대어 우리는 앞에서 말한 것과 같이 자신이 추구하는 이상에 가까운 목표를 두고 꿈만 같은 세상이라는 표현을 하기 시작하였다.

  때로는 지치고 힘들어도 꿈을 위해 전진할 힘을 얻기도 하고, 사랑에 관련된 꿈, 직업적 성공에 관련된 꿈, 금전에 관련된 꿈, 추구하는 인간상에 관련된 꿈, 죽음 이후에 대한 바람과 관련된 꿈, 실현 불가능한 공상에 관련된 꿈 등 변화무쌍한 꿈들이 우리의 주변에서 살아간다. 그렇게 하나둘, 하루 이틀 꿈을 찬양하고 좇으며 살아가는 우리의 모습을 엿볼 수 있게 되었다.

꿈이 가져다주는 효용

• • •

우리는 무의식중에 소망하는 미래라는 꿈에 대한 긍정적인 평가와 그리움의 감정을 느꼈기에 이룩하고 싶은 궁극의 목표를 꿈에 비유하는 생각이 생기고, 현대의 인간에게도 이어져 오고 있다고 생각한다.

예로부터 인간이 가진 종교나 조상에 대한 굳건한 신앙심은 고통스러운 현실을 잊기 위한 수단, 세상의 기준에서 한참 뒤처지는 자신의 능력이 보유한 수준을 정당화하거나 숨기기 위한 수단이었다. 같은 맥락에서 우리는 꿈을 고통을 감소시키기 위함, 현실에서 인정받지 못하는 자신의 현실을 정당화하기 위함 정도로 꿈을 숭배하고 평가하기 시작하였고, 비로소 꿈은 초월적인 이상과 같은 것으로 변모하였다.

그러나 꿈의 의미는 한 가지가 아니다. 지금까지 이야기한 꿈은 실제로 이뤄내고 싶은 소망을 담은 정신의 그릇이다. 다른 한 가지는 밤에 숙면을 취할 때 눈을 감은 우리의 눈 속에서 그려지는 무의식과 의식 세계를 담은 밑이 깨져 모든 것을 담아낼 수 없는 그릇이다. 두 가지 의미를 지닌 꿈은 각자의 끝자락에서 서로 이어지고 있다. 눈 뜬 시간에 소망하던 미래에 이뤄내거나 얻고 싶었던 꿈이 두 눈을 감는 시간에 더욱이 선명하고 솔직하게 머릿속에 그려진다. 다시 말해 우리는 꿈속에서 자신이 진정 원하는 것을 이전보다 더욱이 섬세하고 구체적으로 파악할 수 있게 된다.

아무리 위대하고 초월적인 꿈이라 한들 우리는 밤에 침대에 누워 눈을 붙이는 순간 비유의 근원지가 되는 생물학적 꿈속으로 정신이 이동할 수 있을 만큼 일상적이고 흔한 이중적인 의미를 담고 있는 것이 꿈이기도 하다.

　실제로 이루어지는 것 하나 없지만, 정신세계만큼은 우리가 그토록 바라던 꿈속 세계에 누구나 매일같이 진입할 수 있게 도와준다. 그래서 나는 신체의 활동을 잠시 중단하고 꾸는 꿈이 잠시 현실 세계와 동떨어진 정신세계에서 그간의 피로가 쌓인 육체는 휴식을 취하고, 외부와의 접촉에서 주의를 빼앗긴 우리의 감각과 신경 또한 불필요한 에너지의 낭비를 멈추고 자신의 내면에 집중하게 하여 우리에게 미래지향적으로 새로운 기회와 희망 혹은 이상향을 선물해 줌으로써 고통의 무게를 줄여줄 수 있다고 생각한다.

당신들도 꿈을 꾸기를

• • •

우리는 꿈을 통해 고통을 잊을 수 있다. 그래서 나는 종종 스트레스 받는 상황이나 하루가 절망적인 일들로 가득 차 희망적인 생각이 떠오르지 않는 날에는 아무것도 하지 않고 눈을 붙인 채로 하루 동안 잠을 청한다. 그 시간만큼은 현실 세계의 고통이 나에게 느껴지지 않으니 상대적으로 덜 불행하고, 덜 고통스럽게 느껴진다. 우리는 세상 어디를 가도 피로를 느끼고, 눈치를 보게 되고, 불행을 느끼게 됨으로 눈을 뜨고 있는 모든 순간이 고통의 연속이기에 또한 우리는 초월적인 존재가 아니기에 도피할 수 있는 어느 곳이 필요하며, 그것이 나에게는 꿈속 세계다.

어쩌면 인간이 유독 다른 동물들에 비해 평균적으로 수면의 시간이 긴 것도 이를 위해 유전적으로 설계된 것이 아닌가 싶기도 하고, 꿈속 세계로 안식처를 잡을 수 있음에 진심으로 감사함을 느낀다.

그렇기에 우리에게 꿈은 진정 소중하고 숭고한 것이며, 현대에서는 잠을 청하지 않는 것에 대한 강박과 같은 분위기가 만연해 있기에 잠을 가볍게 여기는 듯한데 우리 인간들에게 잠은 보통의 것들과는 비교할 수 없는 숭고한 행위이자 생존의 일부라고 생각한다. 우리의 신체와 정신을 최대치로 회복시켜 줄 뿐만 아니라 앞날에 더욱이 큰 힘을 낼 수 있도록 활력과 이상을 심어준다.

일상이 어느 날에는 허망함이 될 수도, 어느 날에는 반대로 기대감이 될 수도, 어느 날에는 절망이 될 수도 있다. 그런 날이면 우리의 감정은 긍정적이든 부정적이든 적정선을 넘어 활개하기에 우리는 진정하고 잠을 청할 필요가 있다. 그 안에서 우리가 진정 원하는 정제된 감정과 본능 그리고 진실을 마주할 수 있을 테니 말이다.

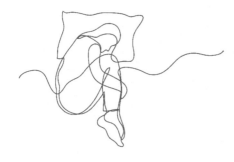

4.

존재에 대하여

:

자신에 대한 본능적인 두려움

• • •

나는 성실히 사유하고, 삶을 주동한다, 그로써 존재한다. 존재란 무엇일까? 내가 존재하기는 하는 것일까? 나의 존재에 대해 끊임없이 의심이 담긴 질문을 던져본다. 내가 실존하는 것이 맞을까, 가상세계에 던져진 힘없는 물체는 아닐까, 남들과 다를 바 없는 그저 그런 죽어가는 생명체 중 하나가 아닐까, 어떻게 존재를 증명할 수 있을까, 만약 증명해 내지 못한다면 내가 존재한다는 것에 대한 반증을 내 손으로 만드는 것이 아닐까? 그렇다면 내 스스로 나의 존재가 부정당하게끔 기여를 한 것이 될 텐데 나의 존재에 대해 심도 있게 파고들어도 괜찮은 것일까? 이것은 금기시되어야 하는 사항이 아닌가? 그럼에도 무엇이 되었든 내가 꿈속에만 존재하는 상상의 인물이 아닌 이상 나의 존재는 확실하다고 생각하며 지내왔다.

나의 존재가 확실한 것인지에 대해 고뇌하다 보면 무한한 두려움과 호기심을 느낀다. 나의 모든 본능이 이성적 자아의 파편에 거절당할 것이라는 막연한 두려움과 이를 앎에도 도전하고 싶은 나의 어리석음이 함께 뒤섞여 나를 더욱이 혼란스럽게 하는 동시에 새로운 지고의 영역으로 각성하게 한다.

두렵기에 궁금하고, 궁금하기에 두렵다. 그렇게 두려움을 한껏 넘어선 호기심이 내가 존재한다는 사실을 증명해 줄 수 있는 실마리를 찾아내기 위해서 지난 나날들을 되짚어 보게 만든다.

삶의 흐름을 거스를 때 느낄 수 있다.
세상에게 시비를 걸어라

• • •

어릴 적부터 남들과 다르게 인생의 문제를 풀어가는 방식, 뚜렷한 차이점을 두는 삶에 대한 강렬한 욕망을 가진 채로 살아왔다. 모두가 자신만의 색깔을 가지고 사는 다채로운 세상을 희망하는 나로서는 사회 구성원 대부분이 획일화된 색으로 살아가는 현시대에서 남들과 다른 색이고 싶고, 정녕 같은 색이라 한들 조금 더 뚜렷한 색이고 싶었다. 이런 욕망과 함께 살다 보니 어느 새부턴가 정말로 뚜렷한 차이점을 가지며 살아가게 되었다.

나의 기준에서만큼은 사고의 방식이 혁명적으로 전환되어 타인과는 조금 다른 부분까지도 그리고 세상과 인간 사이에 오고 가는 수많은 현상에 대해 이해할 수 있게 되었다. 이해의 폭이 넓어져서 남들의 이해를 얻기 어려워진 만큼 소외감과 답답함의 감정은 꾸준히 나를 엄습하기도 하였지만, 견식이 장대해지는 것은 나의 정체성에 영양가 있는 먹이를 주기에는 충분했다.

그러나 차이가 강점이 될 때도 있었지만, 약점이 될 때도 있었다. 몰이해의 환경은 나를 의기소침하게 만들뿐더러 압박감으로 나에게 극심한 스트레스를 주기도 하였다. 나의 신념이 흔들리기 시작하였고, 여과없이 저들의 의견과 주장을 수용해 보기도 하였으나 저들의 생각은 이미 타성에 흠뻑 젖어있었고, 스스로 생각하는 힘 따위 없는 이들이 주장하는 사상에는 합당하지도, 도의적이지도 않은 불쾌한 인간의 본성과 역사적으로 권위를 누렸던 자들의 욕망이 담겨있었다.

그렇기에 약점과 상황을 극복하려고 노력하였다. 그것이 또 다른 차이를 만들기 위한 길이라고 굳건히 맹신하였고, '평범한 약점'이 아닌 '극복한 약점'이 되는 것 또한 남들과의 뚜렷한 차이로 다가올 수 있을 것이라고 생각했기 때문이다.

그렇게 하염없이 정체성의 확보를 위한 비교라는 열정에 타올라 시간을 보내다 보니 무의식적으로 나의 편력에 반항하는 인식이 한 가지 생겼다.

나이가 들수록 이전보다 객관적이고 포괄적으로 나 그리고 사회를 관조할 수 있는 능력이 생기니 나와 남들의 차이점이라고 생각했던 모든 것들은 보잘것없는 자기만족을 위해 창조해 낸 가상의 일부일 뿐이었고, 나 또한 획일화된 정신 속 남들과 다를 바 없는 삶을 살아오고 있었다는 인식이다. 그로부터 나는 내가 왜 남들과 같은 사람이 되었는지에 대해 생각해 보기 시작했다.

획일화되는 과정은 이렇다. 우리는 대부분이 평소에 주변 흐름에 맞춰 개성 없이 산다. 학교의 교육과정, 초·중·고 필수 이수, 종교적 관념의 만연, 사회화된 감정의 표현 방법, 정치적 선동의 당위성 등 사회적 분위기와 그 물살에 온전히 몸을 맡긴 채로 나아간다.

그렇기에 대부분의 사람은 자신이 가진 견해나 사상 혹은 신념까지도 자신의 내부에서 파생된 정체성이 담긴 것이라 착각하기 일쑤이다.

단지 우리가 하는 것이라고는 세상이 불러일으키는 바람에 떠밀리는 상태로 미미한 물살을 일으키는 노 젓기 정도로 세상에 편승할 뿐인데 말이다.

그러다 물살에 거슬러 몸을 향할 때가 반드시 찾아오기 마련이다. 그 때가 자신의 존재로서의 자아와 정체성 그리고 정신세계를 인식하게 되는 순간이다. 이것을 깨닫게 만드는 수많은 상황 중에는 심장이 터질 듯한 신체적 한계치의 활동, 자의식이 담긴 주장의 피력, 부조리함에 대한 저항 등이 있다.

안빈낙도한 편함이 지배한 삶이 아닌 심장이 크게 박동하는 정도의 신체적 활동이나 졸음을 참아가며 행동하는 무언가의 일 같은 자의적인 불편함과 고통으로 잠시 세상의 이치와 흐름 그리고 원시적인 본능에 거슬러 시대와 사회의 흐름과 나란히 동행하는 애완동물과 같은 내가 아니라 자주적인 주인으로서의 삶을 사는 것이고, 일순간 이와 같은 특별한 경험을 함으로써 자신의 신체와 정신이 강조되고 숨소리에 집중하게 된다.

이로써 우리는 깨우친 인간으로서 정형화된 틀에서 벗어나게 된다.

불쾌함이라는 쾌감

• • • •

틀에서 벗어나기 위해서는 우리는 익숙함을 벗어던지고 불쾌함 속에서 쾌감을 얻는 새로운 선도적인 사고를 가져야 한다.

완성된 퍼즐과 같다. 우리는 완성된 퍼즐의 조각이다. 우리는 퍼즐이라는 틀 안에서 모두가 동일한 크기와 부피로 각자에게 주어진 자리를 담당한다. 그리고 우리가 퍼즐을 감상할 때 조각 하나하나를 들여다보지 않듯이 우리 또한 퍼즐의 한 조각으로서 별다른 차이 없이 똑같은 조각으로 보일 뿐이다. 이것이 공동체 혹은 사회라 불리는 것과 우리라는 개인의 모습이자 관계이다.

여기서 한 조각이 튀어나와 그림의 완성도를 저해시키면 우리는 튀어나온 조각에 불편해하면서도 한편으로는 주의를 기울이게 된다. 불쾌하다고 느껴질 수 있는 감정들이 사실은 우리의 정신을 황홀한 의식의 세계로 앗아가고 퍼즐의 존재를, 그중 한 조각의 사소한 존재를 세상에 중대한 모습으로 각인시킨다. 이것이 자의식을 가진 우리 인간이 스스로의 존재를 증명하는 방식이고, 이외의 존재를 인식하는 수단이다.

자신을 세상의 퍼즐의 한 조각으로 인정하되 같은 조각이 아니라는 것을 몸소 입증하는 것이다. 스스로에게 불편함과 불안함을 선사하고, 심장의 박동 소리를 키우며 자신에게 집중하는 것이다. 마치 관객이 빠져나온 퍼즐 한 조각에 시선을 주듯이 당신 또한 자신에게 시선을 빼앗길 것이다. 저항, 불편함, 즐거움 때로는 식상함 등과 같은 주위의 사람들이 내뿜는 기백과 시대가 강조하는 풍조에 어긋나는 상태를 자신에게 입히는 것이다.

  사회가 제시한 암울한 한 가지 색이 아닌 알록달록한 다채로운 색을 번갈아 입어 스스로의 자아가 존재를 인식할 수 있도록 수신호를 보내주는 것이다. 즉 존재의 유무를 인식하려거든 행동의 주체와 흐름에 대한 저항이라는 조건을 충족해야 한다는 것이다. 행동의 형태는 개인마다 상이할 것이기에 자신에게 더욱 효용과 의미 그리고 의식을 가져다주는 행동이 무엇인지 실천과 고찰을 통해 생각해 내야 한다.

일체감과 분리감

· · · ·

세상에서 나의 존재에 대해 적극적으로 피력할 때 비로소 실존의 여부를 확인할 수 있다. 세상과 일체감을 느낄 만한 상황들도 있어야지 분리감을 느끼는 상황도 존재할 수 있는 것이다. 슬픔이 있기에 즐거움을 느낄 수 있고, 불편함이 있기에 편함을 느낄 수 있듯이 말이다.

그러니 세상과의 분리감을 느껴 자신의 존재를 명확히 인식하고 싶거든 세상과의 일체감도 동반되어야 한다는 사실을 인식하고 있어야 한다.

세상과의 분리감이란 자신의 작업물과의 일체감이다. 자신의 작업물과 일체감을 형성할 수 있기에 세상과 분리될 수 있는 것이다. 세상과 분리된다는 것은 그 문장만으로도 굉장히 위협적이고, 소외되는 느낌을 주는 것은 분명 부정할 수 없는 사실이다.

그렇지만 순종적인 삶이 우리에게 언제나 유익하지는 않다. 모든 연결이 수동적이라면 의지도 감동도 번식도 그 무엇도 인간으로서의 정신이 이끌어주는 대로 살아갈 수 없을 것이고, 시간이 흘러 회의와 허무가 찾아오는 순간부터 우리의 정신은 세상과의 완전한 분리를 선언하게 될 것이다.

일체감과의 적절한 조화가 없는 완전한 분리는 정신적 죽음과 신체적 나태로 우리를 이끌며, 끝내 인간으로서 누릴 수 있는 자격을 지니는 허영심, 극도의 감정, 넘치는 사랑, 정신을 갉아먹는 고통도 느낄 수 없는 허수아비 혹은 자연물에 섞인 자유의지를 상실한 물체가 될 것이다.

　우리가 분리감을 느낄 수도 있다. 그러나 우리가 창조하고 사고하는 모든 것들은 세상에 관함이라는 전제가 깔려있고, 우리는 누군가와 유대, 즉 공감을 통해 연결되고 이는 세상 전체와도 동일하기에 우리가 창조하는 행위는 모두 다 세상과의 일체감을 동반하는 것이다. 순종은 모든 행동에 내포되어 일체감을 주고, 순종적이지 않음은 다른 인간과 구별되는 창작 행위에서 세상과의 일체감과 동시에 사회와의 분리감을 준다.

　일체감을 느낌과 동시에 분리감을 느낄 수 있는 것이다. 우리의 삶은 순종과 순종하지 않음, 그사이 어딘가에 정착해 있다. 그렇기에 우리는 세상의 일원이 혹은 세상의 주인이 되었다고 느낄 때 살아있음에 기반을 둔 행복과 기쁨을 누릴 수 있다.

운명을 사랑하라

• • •

나는 드넓은 초원을 거닐고 있다. 따스한 햇살과 산들바람 그리고 영롱한 초록빛의 풀을 마주한다. 따스한 햇살은 나에게 풍요를 읊조리고, 산들바람은 나에게 여유를 선사하며, 초록빛의 풀은 내 마음에 안정을 가져다준다. 자연은 나를 사랑하고 나 또한 자연을 사랑하며 고귀한 풀 위 생명들은 나를 환대하게 반겨준다. 아름다운 자연의 경관과 이 몸을 함께하니 어찌 이 세상을 미워할 수 있나 싶기도 하다.

이렇게 자연에 몸담아 내 심장 소리에 주목하고, 내 숨소리에 귀 기울이며 들뜬 걸음을 내딛다 보니 저 멀리 자유롭게 풀을 뜯으며 서있는 소들의 모습이 보이기 시작했다. 나는 저 소들이 나에게 어떤 가르침을 줄지 기대하며 이번에는 자연과 함께 저들을 바라보기로 했다.

호기로운 저들의 눈망울, 느긋한 저들의 걸음 그리고 온화한 저들의 미소를 보다 보니 마치 어릴 적 보았던 인자한 노인의 모습을 보는 것만 같다. 더욱 놀라운 것은 저들은 너나 할 거 없이 모두 인자한 노인의 모습을 하고 있다. 내 주변 수많은 인간과는 너무나도 상반되는 모습이다. 비굴한 눈빛, 수동적인 걸음 그리고 우울한 표정, 이것이 내가 지금까지 봐온 인간들의 모습이었다.

이들에게서 인자함이란 찾아볼 수 없었고, 이들에게서는 여유 또한 찾아볼 수 없었다. 어찌 우리 인간들은 이리도 치욕스러운 모습을 하고 있는 것인가? 나는 인간들이 하등 아래의 것으로만 생각하는 저 소에게서 인간의 바람직한 모습을 배웠으면 하는 바람이다.

그래서 궁금해졌다. 저들은 어떻게 여유를 가지며 삶을 사랑하는 태도를 가질 수 있는지 말이다. 처음에는 유전적인 차이 때문인가 싶었다. 그러나 유전적인 차이가 주된 요인은 아니었다.

그러면 도대체 무엇이 저들과 우리의 차이인지 곰곰이 생각해 보니 저들은 받아들일 줄 알았다. 운명을 사랑하고 즐길 줄 알았던 것이다. 저들은 매사에 의연하고 때로는 초연하기까지 했다. 저들은 비가 오는 날이면 시원한 비를 느끼며 하루를 보낼 줄 알았고, 강한 햇볕이 내리쬐는 날이면 은은한 달빛의 시간을 기다릴 줄 알았다.

그러나 인간은 비가 내리면 우산으로 비를 모두 막기 일쑤이고, 강한 햇볕이 내리쬐면 벽 뒤에 숨어 해가 저물기를 재촉한다. 자연과 평생을 함께 살면서 자연을 경외시하거나 때론 불편한 변덕쟁이 정도로만 생각한다. 함께 몸 녹여 즐길 줄 모르고, 친구로 지낼 줄 모른다.
어린 시절 우리는 우산을 찾지 않았다. 오히려 비의 감각을 즐겼다. 그때의 우리는 자연을 동경했고, 사랑했다. 그러나 점차 시간이 흐르고 사회에 동화되다 보니 자연을 바라보는 시각과 자연을 대하는 태도가 달라졌다. 어쩌면 우리는 커가면서 운명을 받아들이는 능력을 상실했는지도 모르겠다.

우리 인간들은 위에서 말했듯이 운명을 받아들이는 능력을 상실한 것 같다. 우리는 인생을 사랑하지 못하고 있고, 다가오는 미래를 두려워만 하고 있다. 무엇이 이렇게까지 우리를 비관적으로 만든 것일까? 왜 현재를 살아가면서 과거를 그리워하고, 왜 절망적인 미래만을 생각하는 것일까 진심으로 의아한 심정이다.

우리 인간들은 분명히 인생을 그리고 운명을 사랑하는 방법을 알고 있다. 우리가 가족을 사랑할 줄 아는 것처럼, 우리가 연인을 사랑할 줄 아는 것처럼 우리는 자신의 인생을 사랑할 줄 안다. 그럼에도 우리는 왜 스스로의 운명을 사랑하지 않는 것인가? 우리는 사랑받을 준비가 되어있고, 운명 또한 우리를 사랑해 줄 준비가 되어있거늘 우리 인간은 이를 등한시한 채 운명을 책망하기만 한다. 그러나 운명은 절대로 우리를 외면하지 않는다. 오히려 지금까지 외면당해 온 것은 운명이었다.

저 푸른 초원에서 한없이 여유를 누리는 저 소들처럼 우리 인간들도 이제는 우리를 둘러싼 운명을 여유롭게 받아들여야 할 때이다. 지금껏 당신의 눈앞을 가려온 사회적 통념과 세뇌라는 천막을 걷어내고, 당신 앞에서 자신을 비추는 거울 속 본인의 모습을 이제는 용기 내어 마주해야 할 때이고, 운명을 향해 당당하게 앞으로 걸어나가야 할 때이다. 용기를 내라. 운명을 그리고 너를 믿어라.

우리는 모두 다르다

· · ·

우리 모두는 각자의 삶을 살아왔고, 살아가고 있다. 알다시피 각자의 삶은 서로 유사할 수는 있어도 완전히 동일할 수는 없다. 살아오며 배우고 가지게 된 가치관과 관점 그리고 신념 등 우리 내면에 존재하는 모든 것들이 타인과 약간의 차이 혹은 그 이상의 차이가 있으니 당연히 서로가 같을 수도 서로를 완벽히 이해할 수도 없다.

모든 사람의 부모가 다르고, 따라서 선천적인 유전자가 다르며 학교, 가정, 학원 그리고 가족관계 등 후천적인 환경 또한 다르기에 우리는 결코 동일한 사람이 될 수 없다(동일한 사람을 만들기 위해 비밀리에 시행되는 위험한 실험이 있다면 모를까). 그래서 그런 것인지 자신과 같은 사람을 볼 수 없다는 신비함과 보고 싶다는 욕망의 충족 때문에 우리는 자신과 결이 유사한 사람을 마주하면 무척이나 반가워하며 호의적인 감정을 쉽게 느끼게 된다.

반대로 자신과 결이 유사하지 않은 사람과 만나면 이해가 쉽지 않으니 기피하는 경향이 다분하며, 이질감이나 경외심과 같은 긍정적이라고 평가되기보다는 부정적이라고 평가될 여지가 유력한 위협적인 감정을 쉽게 느낀다.

세상을 살아가며 자신과 이해관계가 잘 맞는 사람과 살 수만은 없다는 사실은 지당하면서 인생에 전반적인 성장을 위해서는 인정해야 하는 것은 분명하다. 그렇기에 나는 이러한 괴팍한 성격을 지닌 세상이 내건 현수막에 순응한 채로 살아가려고 한다.

그런데 때때로 순응하며 살다가도 나와는 반대되게 이해관계가 어울리지 않는 사람을 보란 듯이 무시하거나 폭력적인 말을 내뱉거나 비아냥거리는 태도로 일관하거나 함부로 가르치려 드는 무례함을 보이는 이들이 있다. 이것이 한두 번이라면 실수의 범주에 포함시켜 용인할 수 있다. 물론 실수를 한 주체가 상대에게 미안한 마음을 가지고 사과를 해야겠지만, 실수는 할 수 있다고 생각한다. 그러나 남을 하대하는 갖가지 실수가 반복된다면 이것은 명백히 규탄받아야 마땅할 행동이라고 생각하며, 나는 이런 행위를 하는 사람은 타인에 대한 존중이 결여된 상태라고 본다.

자기 인생 살아가는데 주변 모두를 존중해 줘야 하냐고 물어볼 수도 있다. 틀린 말은 아니라고 생각한다. 마치 우리가 땅에 지나다니는 개미나 풀 속에 사는 생명을 완전히 존중해야 한다면 걸음 하나하나 내딛기 힘든 세상이 될 테니 말이다. 이와 비견되어 모든 사람을 존중하는 태도가 정신적인 압박감을 형성할 수 있을 수준의 에너지를 소비하는 것이 그들에게는 삶의 자유를 박탈시키는 종신형처럼 다가왔을 수도 있다고 생각한다. 생존에 유리하게 행동하고 진화하는 것이 우리의 실존 이유이니 말이다.

그러나 이는 단편적이고 일시적인 상황에만 치중된 생존 전략일 뿐이며, 장기적으로는 결코 생존과 자아실현에 긍정적이고 생산적인 영향력을 행사하지 못한다.

세상의 기준은 당신이 아니다

• • •

우리는 마치 TV를 보는 사람들처럼 실제로 사람들을 대하며 살아간다. TV 채널을 돌리다가 관심이 없는 채널이 나오면 바로 다른 채널로 넘어간다. 그러다 관심 있는 채널이 나오면 주의 깊게 시청하다가 방영이 끝나면 아쉬워하고, 흔히 우리가 TV를 시청하는 목적은 오락 정도에서 그치게 된다. 물론 TV는 오락용으로 사용하는 것이 맞다.

하지만 인간관계를 오락용 정도로만 대하는 자세는 무척이나 그릇된 태도이다. TV는 인격체가 아니니 무시해도 문제될 것이 없으나 사람을 대할 때 TV를 시청하듯이 업신여긴다는 것은 한 사람의 삶을 적극적으로 무시하는 행동이나 마찬가지다.

관심이 생기지 않는다는 이유로, 공감대가 형성되지 않는다는 이유로 무시를 넘어 혐오하고 비방하는 이들이 즐비한 현시대는 지극히 안하무인한 사람들의 성지와도 같다.

상대를 적극적으로 무시하는 행동은 상대의 가치를 정하는 안하무인한 태도로 결례를 범하는 행동이다. 역지사지의 마음으로 생각해보면 스스로의 삶이 가치 있다고 생각하듯이 상대의 삶 또한 자신과 동일하게 한 명의 인격체로 살아왔기에 고유의 가치를 지니고 있다. 그러나 우리 인간들은 안일하게도 자신의 시각만으로 세상을 해석하기에 상대의 삶의 가치를 자신의 삶의 가치 그 이하로 둔다. 감히 자기의 기준으로 모든 것을 평가하려는 바보 같고 무식한 인간들이다.

우리는 상대를 이해할 줄 알아야 한다. 자신보다 모자라 보이고, 가치관이 다르고 생활 방식이 다르다고 해서 무시하는 것을 당연시 여길 것이 아니라 겸손함을 겸비한 채로 자세를 낮춰 상대의 가치를 다른 시각에서 바라보며 존중할 줄 알아야 한다. 가끔은 상대를 무시했다고, 언쟁에서 이겼다고 자랑스럽게 떠들고 다니는 이들도 있다. 비행청소년부터 나름 주변에서 인정받으며 사는 명망 있는 사람까지 말이다. 이런 사람들은 자신의 기준에서 어긋나는 상황이면 당연하게 화를 내고, 공격적인 말투와 붉어진 낯빛을 두른 채로 상대를 쏘아붙인다. 그러고는 자기는 화내는 게 정당한 상황이었다고 주장한다.

그러나 어떻게 화내고 비아냥거리는 것이 정당화될 수 있다는 생각을 하는 것인지 또는 그것이 어떻게 그들의 삐뚤어진 생존 전략이 돼버린 것인지 도무지 이해가 되지 않는다. 입장 바꿔 생각해 보면 생각이 바뀌는 게 쉬울 텐데 이를 하지 않으며 상대가 범죄를 저지른 것도, 누군가에게 피해를 준 것도 아닌데 자기 멋대로 간섭하고서는 이것을 자신의 정당한 권리라고 주장한다.

과연 타인에게 간섭하고 화내며 비아냥거려서 얻을 수 있는 게 무엇일까? 알량한 자존감? 거짓된 우월감? 과연 이게 정답일까? 무엇이 그들의 입에서 역겨운 단어들이 쏟아지게 만들었는지 고심해 본다.

방의 불을 끄고 남을 탓한다

· · ·

자극적인 만화나 드라마만을 보며 사는 것보다 시사프로그램도 적절히 함께 시청하는 것이 삶에 유익하듯이 인간관계 또한 자극적인 것과 자신의 기호에만 맞춘 것에만 몰두할 것이 아니라 때로는 진부하고 지루한 인간관계라도 그 안에서 얻을 수 있는 가치를 물색하며 차분하고 너그럽게 관조할 때도 필요한 것이다. 우연은 사소한 관심에서 시작되고, 행운과 행복을 가져다주는 장치는 몇몇 인간관계에서 마련된다.

하지만 앞서 말했듯이 현대사회의 인간들은 어리석게도 인간관계를 오락용 정도로만 생각하는 듯싶다.

존중이 결여된 인간들을 바라보니 안타까워서 자신의 삶이 소중하듯이 타인의 삶도 소중하다는 것을 알려주고 싶다. 존중하지 않는 태도는 결국에는 되돌아올 것이다.

인간은 타인에게서 얻을 수 있는 정보를 토대로 자기 정체성을 객관화하고 확립한다. 눈을 감고 생각해 보자. 당신의 주변은 완전한 암흑뿐이고, 어떠한 소리도 어떠한 형상도 당신의 사고에 개입하지 않는 공간에서 자랐다면 당신에게는 타인을 바라봄으로써 결정되는 사회적 기준이라는 것이 없었을 것이다.

그러나 우리가 사는 이곳은 그럴 수 없다. 그렇기에 우리는 누군가를 보고 저런 행동은 멋있고, 이런 행동은 별로다 등과 같이 무의식중에

선호도에 따른 기준이라는 것이 부여하게 된다. 기준이라는 벽이 세워진 자신의 네모난 공간에서 오른편에 저것은 잘못됐다고 욕하는 순간 오른쪽을 바라보는 시야는 관점을 복귀시키는 결단을 하지 않는 이상 영구적으로 차단된다. 더 이상 우리의 눈에는 불이 꺼진 오른쪽은 비춰지지 않으며, 왼쪽만이 밝게 보일 뿐이고, 시간이 지나 왼쪽 시야에 또 다른 기준의 벽이 세워지면 점차 우리의 시야는 좁아지고 인생에서 선택할 수 있는 길은 더더욱 협소해진다. 삶이라는 무궁무진한 선택지 속에서 자신을 아주 비좁은 공간에 가둬 가혹하게 학대하는 것이나 마찬가지인 것이다.

다시 말해 타인에 대한 존중의 결여는 자신에 대한 존중의 결여로 일맥상통하는 것이며, 따라서 타인이 가진 고유한 정체성을 존중해 줄 수 있는 사람만이 자신의 정체성과 인생의 넓이를 존중해 줄 준비가 된 것이다. 그러니 타인을 존중해야 할 이유는 분명히 존재한다.

5.

나 태

:

나 태

나태한 동시에 성실하다

• • •

우리는 모두 나태하다. 하지만 우리는 나태하면서 성실하다. 정도의
차이가 있을 뿐이지 우리는 모두 나태한 동시에 성실하다. 어제는 나태
한 하루를 보냈음에도 오늘은 성실한 하루를 보낼 수도 있고, 나태한
하루였음에도 성실함이 어느 정도는 포함되어 있기에 우리는 완전히
나태하기만 할 수도 없고, 완전히 성실하기만 할 수도 없다.

나태와 성실함, 각각의 적절한 비율로 조화가 이루어진 삶이 우리에
게 주는 의미와 활력에는 깊은 거룩함이 담겨있다.

그러나 나태와 성실함의 조화로움이 파괴된 나태하기만 한 사람에게
서는 삶의 의미와 활력을 찾아보기 어렵다. 과거 유럽에서는 노예의 기
준을 노동하지 않는 인구로 잡았고, 과거 철학자인 소크라테스는 "성찰
하지 않는 이의 삶에는 의미가 없다."라고 말한 것처럼 우리 인간에게
신체적 그리고 정신적 나태함은 역사적으로 금기시에 가까운 죄와 같
은 것으로 여겨질 만큼 중대한 결함이었다. 물론 먼 과거에나 적용되는
시대적, 윤리적 상황 등이 포함된 기준과 격언일 수 있지만, 이를 차치하
고도 오늘날의 인간에게도 유의미한 방향을 시사해 주는 역사적 사실
이라는 점은 틀림없다. 따라서 나태한 사람들은 삶의 의미가 물색한 사
람들이라는 사실을 세월과 역사가 증명해 준 셈이다.

여기에서 명확히 정의해야 할 것이 침대에 누워 지친 몸에 안식을 건

네거나 새로운 영감이 샘솟는 자연을 거닐며 산책하는 것과 같은 휴식이 물질적인 생산이나 물리적인 활동이 미비하다고 해서 나태한 것이 아니라 정신의 성장을 위한 다른 양상으로서의 실천적 행위를 하고 있으므로 정신적으로 성실한 삶을 영위하고 있는 것이다. 물질적으로도, 정신적으로도 비생산적인 활동만을 하는 것이 나태함이며, 정신과 신체의 활동이 있다면 그것은 성실한 것이다.

우리의 일상에서 흔히 접할 수 있는 실용적인 정보보다는 일회적인 소비 형태에 가까운 정보만을 제공하는 SNS와 가십거리에 대한 얘기로만 구성된 스몰토크, 그리고 지나칠 정도의 수면 등이 나태함을 드러내는 행동들이다. 정신과 신체에 있어 생산적인 활동이 전무하기 때문이다.

따라서 신체적 활동뿐만 아니라 정신적인 활동을 전개하고 있다면 이는 성실한 삶이다.

그러나 여기서도 면밀하게 살펴야 할 것은 지나칠 정도로 신체나 정신 중 한쪽의 활동만 하는 것은 나태한 삶이라는 것이다. 나태함과 성실함이 조화를 이루어야 하듯이 신체와 정신의 성실함 또한 다시 한번 조화를 이루어야 한다.

성실한 시간에는 생산적인 활동을 하는 것이다. 물질적인 생산만이 해당하는 것이 아니라 비물질적인 정신 속에서 생산하는 것도 성실함의 시간이다.

금전적 이득을 취할 수 있는 일, 자신의 존재를 증명해 주는 노동 그리고 삶을 긍정적인 방향으로 개선할 수 있게끔 여지를 제공해 주는 성찰과 같은 것들은 성실함이 기초가 되는 행동의 예시이고, 마찬가지로 지난 삶 혹은 미래에 대한 고찰, 정조와 영감을 얻게 해주는 밤거리의 산책, 내일의 나에게 힘을 충전시켜 주는 필수적인 숙면 등도 모두 알맞은 시점과 개인의 의미 영역에 따라서 생산적인 활동이 될 수 있다.

의미 영역의 부재

• • •

우리는 상황에 의미를 부여함으로써 고통을 잊는 인간이다. 흔히 생각해 보면 죽음에 의미를 부여해 고통을 덜어내고, 때론 고통 자체에도 의미를 부여해 고통을 즐기는 모순적인 상황을 연출하기도 한다. 이러한 인간의 의미 영역은 우리를 고통에서 구제해 줄 수단이기에 삶에 있어서 필수적이다. 물론 과도한 의미 영역의 기능이 실현된다면 이는 정신병에 준하는 수준으로 여겨지거나 정신병 이상의 증상을 보일 수도 있다. 그럼에도 우리 인간에게 의미 영역이라 함은 삶을 조금 더 윤택지게 만들어 줄 수 있고, 고통을 보상을 위한 수단으로 이용하게 해주는 긍정적인 시각을 겸비하게 도와주며, 수많은 역경을 이겨낼 수 있게 해주는 순기능이 자리 잡고 있는 것 또한 부정할 수 없는 사실이다.

그런데 몸과 정신이 모두 나태한 인간에게는 비전과 의미가 없고, 이로써 고통을 소멸시킬 기능이 제대로 작동하지 않아 더욱이 고통스러운 삶을 살게 된다. 어쩌면 현대사회에서 자살하는 이들이 자살하는 이유이지 않을까 조심스레 생각해 본다. 물론 이들에게 힘든 사정이 있었던 것은 맞고, 그 부분은 충분히 이해한다. 그러나 힘든 사정이 있던 모두가 자살을 선택하지는 않는다. 자살을 하는 이유는 삶이 죽음보다 못할 정도로 고통스럽기 때문일 것이고, 이들은 고통을 다른 것으로 승화시킬 의미 영역의 기능이 부재했기에 자살이라는 파멸적인 결과에 나다른 것이 아닌가 싶다.

긍정적인 의미를 부여하는 기관의 기능이 정상적으로 작동할 만큼 현실에서 성실한 행위가 전제되지 않았으니 실제로 겪는 고통스러운 상황에 대해 때론 희망적이고 때론 현실적이며 때론 객관적인 의미를 부여함으로써 고통을 덜어낼 수 없는 것이다. 의미 부여를 함으로써 인생에 있는 고통을 경감시키거나 고통을 행복으로 변환해 인생을 연명하는 인간에게 의미 부여라는 기능의 부재는 인간을 피폐하게 만드는 확실한 시발점이 되었다고 생각한다.

그렇기에 필연적으로 죽음이나 상처 등에 대한 불안감과 같은 고통을 느끼는 인간에게 성실함은 필수이다.

성실하게 해내는 노동, 성찰, 계획, 돌봄 등은 모두 우리가 의미와 행복을 찾아내고 느낄 수 있게끔 깨달음의 단초를 제공한다. 우리는 노동을 통해 그 무엇보다도 쉽게 존재를 인식하면서 가치를 인식할 수 있고, 성찰을 통해 변화를 경험함으로써 그리고 정체성의 개인화를 실현하는 과정에서 본질적인 욕구를 충족할 수 있다. 충실한 계획으로 미래를 설계함으로써 소위 꿈을 꿀 수 있게 되고, 이에서 행복이 온다. 미래에 대한 불안감이 아니라 미래에 대한 기대감으로 바뀌는 것이다. 이를 통해 성실함은 곧 행복이 될 수 있는 것이다.

여기서 간과하면 안 되는 부분은 나태가 포함되어야 한다는 것이다. 밑도 끝도 없이 성실하게 사는 인간의 인생은 부지런한 고통일 뿐이고, 나태가 있기에 성실함이라는 것이 존재할 수 있고, 나태가 없으면 성실함의 비교 대상이 없으니 성실함을 느낄 수 없게 된다.

나태하게 사는 것이야말로 신체적인 활동도 없고 심적으로 신경 쓸

곳이 적어지기에 고통 없는 행복이라고 생각할 수도 있다. 그러나 이는 크나큰 오해이다. 생각해 보자. 우리는 화단에 핀 꽃도 애완 고양이도 아니다. 다른 생물들과 뚜렷한 차이를 가진 인격체이다. 누가 길러주지 않으며, 자아나 정체성 없이 원초적 본능과 기능만이 삶을 이끄는 짐승들과 당신이 같나? 물론 한 번뿐인 인생을 잡초같이 아무것도 안 하고 끝내고 싶다면 그래라. 노예제도가 사라진 세상에서 왜 노예가 되기를 자처하는 것인지 나는 이해할 수 없다. 그러니 앞서 얘기한 나태와 성실함의 조화로움에 무게를 두는 태도를 겸비하였으면 한다.

스스로 생각하는 힘의 상실은 곧 의지의 결핍이다

* * *

그러면 무엇이 우리를 나태하게 만드는 것인지 생각해 보자 현대적인 관점에서 가장 적합한 첫 번째 요인은 도파민 중독이다. 온라인 영상매체, 메신저, 온라인 게임 심지어 온라인 신문 및 서적까지 모든 것이 온라인상에서의 진행으로 교체되고 있다. 쾌락을 중시하는 인간으로서 온라인에서 행해지는 간편한 쾌락 낚시는 더할 나위 없이 완벽한 유토피아일 것이다.

그러나 이는 잘못된 선택이며, 오히려 우리를 더욱 깊은 고통에 빠트린다. 다만 우리가 이를 구상하여 의식하는 능력이 부족해 긍정적으로 평가할 뿐이다. 흔히 가지고 싶은 물건, 사람, 명예 등을 가지게 되면 얼마 안 가 질리는 경향을 자주 목격할 수 있다. 질리면 권태라는 욕망의 빈자리 혹은 욕망의 공허가 우리를 엄습해 고통을 준다. 그렇기에 쉽게 자주 얻을 수 있는 쾌락에서는 쉽게 자주 엄습해 오는 고통이 뒤따른다.

때문에 우리는 무언가를 얻고 싶을 때 어렵게 오랜 노력 끝에 얻음으로써 성취의 과정에서 보람을 느껴야 한다. 고된 시간의 투자로 얻어진 결과물은 쉽게 흐지부지되지 않고 우리에게 동기를 부여할 것이며, 다음 단계로 넘어갈 수 있도록 혹은 다른 분야로 확장할 수 있도록 우리의 의지를 고무시킨다.

어두운 달리기

• • •

두 번째는 미래에 대한 불확실성 혹은 후천적 경험의 이치이다. 흔히 학교에서 아무리 선생님과 부모님께서 공부하라고 권해도 하지 않는 이유가 지금 공부한들 당장 결과가 눈에 보이지 않기 때문이다. 인내하기 어려운 것이다. 후발에 결과가 나나 동기가 없는 것이다. 마치 달리기 트랙에서 귀를 막고 눈을 가린 채로 달리는 것과도 같다. 소리도 들리지 않으니 누가 언제 먼저 통과했는지, 자신이 1등인지 꼴등인지 달리는 도중에는 절대로 알 수 없으니 답답한 것이다. 상황이 보이지 않으니 최선을 하고 있는 것인지 더 노력해야 하는지 이걸 한다고 원하는 보상이 당연히 잇따르는지 등 모르는 채로 감안해야 할 사항들 투성이니 싫은 것이며, 그에 반해 즉각적인 쾌락과 심리적 보상을 즉시 제공하는 온라인 세계로 들어가 의미 없는 쾌락에 절여져 자신을 잃고 있는 것이다.

강아지의 목에는 목줄을, 인간의 목에는 성공을

• • •

세 번째는 성공에 길들여져 있다는 것이다. 우리가 필히 알아야 할 사실은 우리는 성공에 길들여져 있다는 사실과 성취와 성공은 다르다는 점이다. 성취는 자기 기준에서 성과를 이뤄내는 것이고, 성공은 타인의 기준에서 성과를 내는 것이다.

자발적으로 하는 것에 어릴 적부터 익숙해지지 않았으니 남들이 시키는 거 하고, 사회가 원하는 모습에 자기를 맞춰 사니까 나태해지는 것이다. 수동적인 요인으로 소비한 노력으로 치부되는 시간들을 나는 성실하지도 노력이라고 생각하지도 않는다.

내부에서 끌어 나오는 동기와 외부에서 시작되는 동기는 질 자체가 다르다. 내부 동기는 무한하고 고결하며 타성에 젖지 않아 자기 본연의 색이 묻어나 자아실현의 꿈과 적합한 형태를 띤다. 반면 외부 동기는 유한하고 제한적이며 타성에 젖어 욕정에 물들여진 더러운 형태이고, 성취를 갈망하는 내부 동기가 외부 동기의 유혹과 나태함을 물리쳐 줄 것이다.

편견에 간힌 사고의 자유

• • •

마지막으로는 사회가 정한 생애주기에 따른 과정에 우리가 자의식을 상실할 수준으로 심하게 동화되어 있다는 사실이다. 우리가 한평생 동일하게 이수해야 하는 교육의 내용은 천편일률적이기에 모두가 사고할 수 있는 수준과 범위는 유사하며, 혁신이라 칭해지는 것들조차 좁은 범위에서 보면 혁신이지 조금 더 넓은 범위에서 살펴보면 이 또한 우리의 집단 내에서 충분히 생각해 낼 수 있는 발견들이다.

이렇듯 획일화된 세상에서 받고 느끼는 모든 것에는 생동감이 없고, 무미건조하니 전혀 흥미를 느끼지 못하며 이로 인해 우리는 성실함을 잃고 나태해지기 시작한다.

그렇기에 우리는 어린 시절부터 비판적인 사고를 통해 항시 세상에 의문을 제기했어야 한다. 비판적 사고로 고정된 세상에 새로운 틈을 게시한 그 순간부터 우리의 궁금증은 증대되고 책임감이 생길 것이며, 동화되어 무관심 속에서 살아가는 수동적인 인간에서 벗어나 자발적으로 일에 참여할 수 있게 될 것이다. 물론 책임감 뒤에 부담감이 따를 수 있겠지만, 인간의 호기심은 이까짓 부담감과는 비견되지 않을 정도로 막대한 자극을 불러오는 감각이기에 우리는 충분히 도전할 힘을 얻을 수 있다.

편안함이 불편해지는 순간

• • •

우리는 이제 나태함에서 오는 무의식적 고통을 의식할 수 있어야 한다. 편안함이 주는 안락함을 행복이라고 믿는 편견을 깨부수고, 불편함에서 얻을 수 있는 무한에 근접하는 행복을 성취해 보아야 한다. 무작정 침대에 누워있는 것이 행복이 아니고 주구장창 잠만 자는 것이 인생의 위안이 아니며, 핸드폰 속 가짜 세상에 빠져 사는 게 즐거움이 아니다. 때론 집 밖에 나와 하염없이 달려보기도 하고, 내면의 성찰로 세상에 저항하는 힘을 길러보기도 하며 진한 땀을 흘리면서 고됨을 느껴보기도 하는 것이 인생의 묘미이자 행복이다.

밑도 끝도 없이 편안함에 도취되어 무의미한 하루를, 한 시기를 그리고 하나뿐인 인생을 낭비하지 않기를 바란다. 지독한 인내를 감수하고 덤덤하게 성실함에 익숙해져 살아가기를 바란다. 더불어 편안함 속에 행복이 있다고 착각하며 살지만, 불편함 속에 행복이 있다는 사실을 알았으면 한다. 불편함이 있기에 편안함이 있는 것이다. 편안하기만 하면 불편함을 느낄 수 없을 것이고, 거짓 행복이 불행을 낳을 것이다.

6.

사 랑

:

사 랑

우리와 함께 살아가는 사랑에 대하여

• • •

인간이라면 누구나 사랑을 곁에 두고 살아간다. 그렇기에 우리는 누군가에게 사랑을 묻기도 하고, 누군가로부터 사랑이라는 질문을 받기도 한다. 이렇게 수많은 사랑의 질의응답을 통해 스스로가 원하는 사랑의 철학을 구상하고 세상이 원하는 사랑의 형태가 무엇인지 상상해 보기도 한다.

세상과의 교류와 내면의 발전으로 자신만의 사랑을 확립한 사람들은 우리와 함께 살아가는 세상의 것들을 자신만의 방식으로 사랑해 보기도 하고, 우리와 함께 살아가는 세상의 것들로부터 사랑을 받아보기도 한다. 우리는 모두 사랑을 만들며 살아가고, 세상 또한 사랑의 창조와 경작을 즐기는 것처럼 사랑을 이곳저곳에서 키워낸다.

이렇듯 우리 주변과 내면에는 항시 사랑이 엄존한다는 사실을 합리적으로 의심할 수 있다. 또한 사랑은 장소와 상황을 불문하고 존재한다는 사실을 토대로 사랑이라는 욕구는 어쩌면 인간이 가진 가치 중 가장 보편적이면서도 최고의 가치를 지닌 관념이라는 명제에 신뢰할 수 있는 근거가 되어줄 수 있다.

이런 사랑이 듬뿍 담긴 세상에서 살아가는 우리 인간들은 세상을 사랑하기 위해 살아갈지도, 혹은 세상에서 살아가기 위해 사랑할지도 모르겠다는 생각이 든다.

사랑으로 꾸며진 세상

• • •

우리가 사는 세상에 사랑이 폭넓게 만연해 있다는 사실은 우리의 내밀한 곳에 사랑을 향한 무한한 욕망이 존재하기 때문이다. 우리는 사물을 봐도, 동물과 식물을 봐도, 자신과 같은 존재인 인간을 봐도 본능적으로 사랑의 감정을 느낀다. 이를테면 자신의 취향에 맞아 마음에 드는 원피스를 보면 그것을 입어보기를 희망하고, 원피스 자체의 아름다움을 선망하게 되듯이 혹은 지나가는 길가에 서있는 자연 속 거대한 소나무의 몸통을 보며 경외심을 느끼는 것과도 같이 우리는 시야에 포착되는 세상의 것에서 돋보이는 갖가지 특징으로부터 매료되어 의식하지 않아도 사랑의 감정을 느끼게 된다.

대상을 두고 우리가 최초에 느낀다고 생각하는 감정이 경외심이든 두려움이든 이것들은 모두 사랑의 감정에서 파생된 부차적인 감정인 것이거나 사랑으로 끝맺음 지어질 감정들인 것이다. 결국 우리가 대상을 두고 느끼는 모든 감정은 사랑에서 파생되고 사랑에 귀속될 감정들인 것이다.

우리가 세상을 바라보며 느끼는 여러 가지 감정들은 모두 사랑이 세상에 만연해 있다는 것에 대한 방증이 될 것이고, 사랑이 현존할 수 있는 이유가 자신을 매혹시키는 무언가를 소유하거나 함께하고 싶어 하는 인간의 욕망 때문이라는 것에 대해 모두가 동의할 수 있도록 정당성을 부여해 준다.

마치 어린아이 중에 공주를 좋아해 자기 방을 핑크색과 공주의 성에서 볼 법한 장신구와 가구들로 꾸미는 것처럼 우리 인간들 또한 사랑을 좋아하기에 세상을 자신이 선호하는 사랑이라는 장신구들로 꾸미게 된다. 지금 우리가 사는 세상이 인간이 들여놓은 사랑으로 가득 찬 세상인 것이다.

이렇게 사랑의 보편성에 대해 생각해 보니 더욱 많은 사랑에 대한 본질적인 궁금증이 생긴다. 우리 인간들은 왜 사랑을 원하는 것이고, 우리는 왜 사랑을 해야만 하는 것이며, 더욱 면밀히 살피자면 우리가 하는 사랑이 과연 올바른 사랑일지, 우리가 원하는 사랑의 이상은 어떤 형태일지 등을 고심해 보게 된다.

왜곡된 사랑

• • •

길거리를 거닐다 보면 우리는 부단한 노력 없이도 쉽게 사랑을 목격할 수 있다. 꽃다운 나이임에도 헐거운 옷과 산발인 머리카락에 화장기 없는 맨얼굴로 등에 업힌 아이를 돌보는 이가 아이에게 건네는 사랑, 일주일 중 유일하게 휴식을 취할 수 있는 주말임에도 비몽사몽한 상태로 지친 몸을 이끌고 공원에 나와 반려견을 산책시켜 주는 이가 반려견에게 건네는 사랑, 노년의 여가 시간을 마당에 있는 수목의 성장에 할애하는 노인이 보이는 사랑 등을 목격할 수 있다.

이것이 일반적으로 우리가 생각하는 사랑의 모습이고, 이러한 사랑이 더욱이 우리의 눈에 띄기에 세상에는 이러한 사랑의 형태만이 존재하는 듯하고, 이것이 세상에서 우리가 바라볼 수 있는 사랑의 유일한 모습인 듯하다.

그러나 사실 이것은 역사적으로 인간들이 추구하는 사랑의 이상적인 모습이 투영된 결과일 뿐이고, 우리가 살아가는 세상 속 사랑의 모습이 꼭 이렇지만은 않다.

이제는 시간이 진행되어 현재 우리가 살아가는 사회에서 이러한 형태의 사랑은 더욱이 목격하기 쉽지 않아졌다. 마치 우리가 하트 그림을 칠할 때 빨간색이나 분홍색으로 칠하듯이 우리는 현실에서 늘상 사랑을 빨간색이나 분홍색의 이상적인 색으로만 칠해 왔을 뿐이다.

그렇다면 우리가 사랑에 관해 획일적이고 통일되는 사고를 가지게 된 이유는 무엇일까? 내가 생각하는 이유는 사회가 우리에게 시도한 사랑의 이미지에 대한 세뇌와 암시로 인해 개개인이 구상한 사랑의 철학이 묵살당했기 때문이다.

우리는 똑같은 사랑의 색을 칠하고 똑같은 사랑의 철학을 주장하고 똑같은 사랑의 행동을 취한다. 쉽게 주변만 둘러봐도 추구하는 이상이 같고, 개인화된 사랑이 아닌 집단화된 사랑의 모습을 보이는 사람이 대거 즐비하고 있다.

이로 인해 우리는 실제로 인간들이 행하는 사랑을 마주하지 못한 채로 우리의 소망에 기반을 둔 무한한 허상을 그려낸다. 이러한 허상은 결국 현실과의 괴리를 동반하고, 우리의 시야를 좁게 만들어 편향적인 관점들을 생산하며, 인간의 인지 능력과 자각을 무의미한 감각이 되도록 몰락시킨다.

이런 혼란에서 벗어나기 위해서 우리 인간들은 허상의 끈에 스스로 목을 매다는 정신 착란을 멈추고 진실한 사랑의 실체를 마주할 필요가 있다.

사랑이라는 환상에 대하여

• • •

사랑은 우리에게 허영심과 환상을 불어넣는다. 우리는 사랑이 보여주는 허황된 환상 덕분에 현실 세계에서 느끼는 고통을 조금이나마 잊고 자신에게 끔찍하도록 무심한 현실 세계와 동떨어진 어딘가에서 행복을 느낄 수 있다고 믿는다.

그러나 이는 모두 자신이 소망하는 세계를 투영한 거짓된 세계일 뿐이다. 말 그대로 '환상'이다. 현실적인 기초나 가능성이 완전히 무마된 헛된 생각이다.

환상을 통해 삶의 고통을 덜어낼 수 있다는 것은 분명히 생존에 있어서 중요한 이점이 될 수 있지만, 우리는 자신이 환상 앞에 놓여있다는 사실을 제대로 인지하지 못하기에 환상과 현실을 구분하지 못한 채로 현실과 연결된 잘못된 길로 들어서 수많은 문제와 고통을 겪게 된다.

환상의 주동자로서 우리의 내면에 잠재하고 있는 것이 '성적 욕구'다. 사랑하는 대상을 향한 갈망은 일차적으로 성적인 욕구에서 비롯된다. 왜냐하면, 우리의 유전자에는 번식을 해야겠다는 욕구가 새겨져 있기 때문이다.

이로써 우리는 번식할 대상을 끊임없이 찾게 되고, 유전에서 비롯된 통제할 수 없는 날 것의 욕구가 정제되지 않은 초기의 인간은 맹목적으로 사랑을 하게 된다. 샘솟는 사랑이라는 감정의 진원지가 어디인지, 진정한 사랑인지에 대한 진위 여부는 차치한 채로 말이다.

성적인 욕구는 이외의 모든 욕구를 넘어선다. 성적 욕구는 다른 욕구들을 앞질러 우리의 눈앞을 가린다. 세상을 무채색으로 칠하고, 실제의 이미지는 상실하며 허상의 이미지만이 우리의 눈에 비치게 만든다. 성적인 욕구에서 비롯된 허상의 이미지를 제외하고 이외의 것들을 우리의 시야에서는 포착할 수 없게 만든다. 이를테면 우리는 흔히 "콩깍지가 씌였네."라는 말을 사용한다. 이 말은 눈앞을 가려서 세상을 정확하게 보지 못한다는 뜻이다. 해당 격언은 사랑하는 대상을 향한 맹목적인 헌신 때문에 대상에 대한 합리적인 평가와 실용적인 교류를 못 하는 이들에게 사용하는 말이다.

현대사회에서 시간이 지날수록 빈번해지는 것이 이혼이다. 대부분의 사람이 콩깍지라는 환상을 눈앞에 둔 채로 사랑을 추구하니 콩깍지가 벗겨지고 현실을 직시하는 순간이 반드시 찾아옴으로써 이후에 더 이상 자신을 매료시키지 못하는 대상에게서 사랑의 자발적인 동기를 촉진할 의미를 발견할 노력은 안 하고 자신의 욕구를 충족시켜 줄 또 다른 대상을 찾아 이혼(이별)이라는 것을 너무나도 쉽사리 감행하고 결국에 이혼이 사회적으로 당연시 되는 사랑의 결과가 되었다.

이런 현대사회를 바라보면 언제부터 결혼이 진중한 의례에서 가벼운 의례가 되었고, 평생을 지키기로 한 영속적인 약속에서 기한이 정해져 버린 일시적인 약속이 된 것인지 의아한 심정이며, 꼭 그 시점과 진원지를 밝혀내고 싶다.

결혼은 사랑하는 사람과 행복하기 위해서 하는 의식인데, 우리는 결혼의 끝에서 이혼을 맞이해 고통스러운 나날을 보내기에 십상이다. 이혼에 다다르기까지의 과정과 결과가 꼭 파멸이 아닐 수는 있겠지만 대개 파멸에 가까운 기승전결의 서사를 보였고, 이로 인해 많은 사람이 고통을 피하기 위해 선택한 사랑에서 오히려 더 크고 많은 고통을 맞이하게 되었다.

정말이지 이토록 모순적인 상황이 더 있을까 싶다. 고통을 잊게 해주는 줄 알고 했던 사랑의 결과가 첨예한 갈등 속에서 겪는 고통이라니 말이다. 이런 현상은 자주 관찰된다. 사랑 때문에 긴장, 인내, 질투, 혐오, 분노 등의 부정적인 감정들을 느끼는 상황은 우리 주변 연인들, 가족 간에 자주 보인다.

이렇게 행해진 사랑이 결국은 우리를 교란하고, 객관적인 인지 능력을 상실하게 만든다. 세상에 존재하는 기쁨, 행복, 즐거움, 의미와 가치를 소유하고 사랑하는 이를 향해 자신만 바라보도록 세상이라는 창문을 가리는 커튼을 친다.

맹목적으로 사랑하는 대상만을 바라보게 하고, 그곳에서 오는 쾌락과 행복이 유일무이하다는 착각에 빠지게 되는 것이다. 사랑하는 대상만이 눈앞에 아른거리기에 자연에서 깨달을 수 있는 행복, 여러 인간관계에서 얻을 수 있는 행복, 개인의 다양하고 주체적인 행위에서 오는 행복을 바라보지 못하며 끝내 행복의 본질과 과정을 잊어버리게 된다.

그렇다면 우리는 생각해 볼 수 있다. 내 사랑의 방식이 잘못되었니? 어떻게 해야지 행복한 사랑을 할 수 있지? 이에 대한 깊이 있는 고찰과 자기성찰이 절실히 요구되는 시점인 것은 분명하다. 그렇기에 우리 사회에 만연한 그릇된 사랑의 형성 과정과 세부적인 사항들을 살피고, 우리가 앞으로 추구해야 할 사랑의 이상향을 파악해야만 한다.

인간 욕구의 폐해

• • •

인간이라면 누구나 욕구를 가지고 살아간다. 성욕, 식욕 그리고 수면욕과 같이 인간에게 가장 중요하고 기본적인 3대 욕구도 가지고 있지만, 3대 욕구 외에도 인정 욕구와 소유 욕구 등과 같은 부차적인 욕구 또한 가지고 살아간다.

모두가 알다시피 우리 인간들은 이러한 욕구들을 충족함으로써 쾌락을 얻는다. 그리고 대부분의 인간들은 욕구 충족에서 얻어낸 쾌락을 삶의 행복에 직결시킨다.

그렇기에 우리는 행복을 얻을 수 있게 도와주는 욕구를 충족하기 위해서 무분별하면서도 다양한 시도들을 자행한다.

하지만 세상에 존재하는 행복의 총량이 정해지기라도 한 것처럼 한쪽에게 행복의 따스한 봄이 찾아오면 다른 한쪽에게는 불행의 혹독한 겨울이 찾아온다. 이를테면 피자 한 조각을 두고 배고픈 아이 둘이 나눠 먹으려다가 한쪽이 욕심을 부려 더 많이 먹으면 한쪽이 피자를 먹지 못하는 피해를 받고, 범죄 상황에서도 가해자가 자신의 욕구를 향한 맹목적인 추종을 외부 세계로 연장시키고 행동을 주체하니 피해자가 피해를 받게 되는 것처럼 말이다.

이렇듯 어느 누군가 욕구를 충족하려는 시도를 하면 다른 누군가는 희생해야 하는 상황을 우리는 빈번히 직면하게 된다. 자원의 물량은 정해져 있고, 우리는 시기 질투를 하며, 성적인 욕구는 우리의 눈을 멀게 만들기 때문이다. 물론 우리 인간들은 스스로 이 희생의 주체로 자신을 선택하는 일은 벌이지 않는다. 이것이 인간 욕구의 가장 커다란 문제이자 폐해이다

이러한 인간의 특성 때문에 인간 사회에서는 무고한 희생양이 셀 수도 없이 대폭 증가하게 되었다. 그리고 그 희생양 또한 또 다른 희생양을 양산함으로써 무고한 희생양은 더 이상 무고한 인간이 아니게 되고, 잘못을 한 자로서 과오를 짊어진 채 희생양을 무한히 양산하게 된다.

그래서 우리 사회는 어리석은 인간들의 무분별하고 무한한 희생양의 양산을 막기 위해서 문명이 시작되기 전부터 해당 사회 혹은 공동체에서 살아가는 모든 구성원이 준수해야 하는 합의를 이루었고, 해당 합의를 준수하지 않고 타인에게 피해를 입혀서 희생양의 양산에 부적절한 기여를 하는 이들을 처벌하기로 약속함으로써 욕구를 충족하기 위해 진행한 행동들의 폐단을 막으려고 노력하였다.

그러나 우리는 여전히 사회적 합의를 준수하지 않고 교묘하게 피해가며, 해당 행동이 가진 부정적인 영향력의 방향이 어디로 향할지 그리고 얼마나 많은 곳으로 뻗어 나갈지는 고려하지 않은 채 오늘도 어리석게 살아간다. 그야말로 우리는 본능적인, 욕구에 충실한 인간이다. 때로는 짐승에 빗대어질 만큼 극단적으로 본능에 충실한 인간이기도 하다.

더욱이 큰 문제점은 우리 인간들은 이를 쉽게 인지하지 못하며 살아간다는 점이다. 이러한 자각의 부재는 현대사회에 이르러 개인의 행동

중 범죄적인 행동들이 사회적 합의 중 피상적으로 성문화된 법 정도에만 걸치지 않는다면 우리는 역사적으로 준수해 온 합의와 기준들을 여전히 성실하게 준수하고 있다는 착각을 가지며 살아가게끔 유도하는 부정적인 결과를 낳았다. 결국 우리 인간들은 오늘날에도 개인의 욕구를 충족하기 위해 타인에게 피해를 입혀 무한한 희생양을 양산하며 살아가고 있다.

언제쯤 희생양의 양산에 유한성이 부여되어 현재 진행되고 있는 폐단의 끝을 맞이할 수 있을지 궁금해지며, 세상에 회환을 느끼기도 한다. 그리고 나는 이러한 행동 양상과 사고방식이 모두 '이기심'에서 비롯되었다고 생각한다.

사랑의 모순

• • •

우리 인간들은 이기심을 가지고 한평생을 살아간다. 사랑이 세상에
만연해 있다는 사실과 마찬가지로 이기심 또한 인간이 가진 욕구 구성
의 기초이다.

우리 모두가 가진 이기심은 다양한 상황에서 위험한 본성을 드러낸
다. 이기심은 자기 자신을 위한 마음이기에 자신을 제외한 모든 타인에
게는 대개 이롭지 않은 욕심이다. 그렇다고 해서 타인에게 피해를 주는
상황만이 발생하지는 않지만 때론 타인에게 피해를 주기도 한다.

우리는 삶의 여러 상황 중 사랑을 하기 위한 상황에서 이기심에 기초
한 행동들을 전개하고, 그 과정에서 이기심의 본성 또한 드러난다. 이
기심의 특성에 기인하여 사랑이라는 행동 자체에 대해 상대를 위하기
보다는 나를 위하는 사랑이 우선적으로 전제가 된다.

이는 자신의 욕구 충족을 위해 사랑이 반드시 이루어져야 하고, 유지
되어야 한다는 강박과 소유욕에 우리를 유인시켜 끊임없이 사랑이라
는 욕구를 충족하기 위한 이기적인 생각과 행동들을 사랑을 느끼게 한
대상에게 남발하도록 유도한다. 그렇게 자신도 모르는 채로 다시 한번
사랑하는 이를 고통스럽게 만들고, 무고한 희생양을 양산하게 되는 것
이다.

결국 이기적인 행동들을 통해 사랑은 이기심의 본성뿐만이 아니라
인간의 나약하고 비열한 본성 또한 드러내게 한다. 상대를 사랑하면서

사랑하는 사람이 갖추어야 할 태도와 행동을 보이지 않음으로써 자격은 소멸되고, 오히려 상대를 폄하하는 사람이 보일 법한 태도와 행동을 보인다.

내가 생각하기에 이것이 인간이 가진 가장 거대한 모순이다. 이를테면 우리 인간들은 숭상하는 한 송이 아름다운 꽃을 손에 넣기 위해서 꽃을 꺾는다. 결국 꽃은 죽고, 이러한 안일함 때문에 아름다운 꽃은 이제 아름다움의 가치를 지닌 꽃이 아닌 '아름다웠던' 무가치한 꽃이 되었고, 꽃에 대한 숭상은 무관심으로 변모하게 된다. 이것이 사랑하는 대상을 가지기 위해서 끝내 상대를 파멸로 이끄는 책임감 없는 인간의 모순이자 이기심의 본모습이다.

사랑의 모순에 대한 자신의 생각과 행동의 기초와 본질이 무엇인지 고찰하지 않는 인간들이 대부분이기에 자신의 행동을 객관적으로 바라보지 못하고, 그릇되고 모순된 행동들을 남발하게 되며, 결국 이를 '사랑'이라고 급급히 포장하고 합리화함으로써 끝내 다음에도 이어나가는 인지부조화적 실수를 저지르고 만다. 이는 개인적인 실수에서 그치는 것이 아니라 또 다른 개인과 사회에 악영향을 끼칠 여지가 충분하기에 더욱이 경각심을 가져야 하는 일이고, 우리는 더 이상 피해자가 나오지 않도록 하기 위해서 반드시 모순적인 사랑의 형태를 바로잡아야만 한다.

사물로서의 사랑

· · ·

우리 인간들은 각자가 가지고 있는 이기심이라는 가방 안에 타인의 사랑을 담아낸다. 사랑이라는 관념이자 감정을 실제로 소유할 수 있는 사물로 여기는 태도이다. 그리고 우리는 사랑을 쟁취하는 과정에서 갖가지 수단을 동원한다. 거짓말, 위선, 허풍, 폭력, 가식, 질투, 간섭, 혐오 등을 말이다. 진정성이 담긴 사랑도 목격할 수 있지만 부정적인 수단을 흔하게 주변에서 목격할 수 있고, 한 번쯤은 경험하였을 사건들이다.

우리는 사랑하는 대상이 생기면 그 대상을 가지려고 노력한다. 마치 눈길을 끄는 사물을 대하듯이 말이다. 그 노력 안에는 감동을 주는 말, 고가의 선물, 상대방의 호감을 이끌어 내기 위해 지어낸 거짓된 자기 포장 등이 포함되어 있으며, 이는 모두 소유 욕구에서 파생된 행동들이다.

마치 사랑하는 상대뿐만이 아니라 자신조차 사물로 여기는 행동들인 것으로, 감동적인 말과 감성을 자극할 만한 말을 늘어놓음으로써 상대가 자신에게서 소비할 만한 상품의 가치를 느끼게끔 만들고, 고가의 선물을 제공함으로써 해당 선물에 자신의 정체성과 가치를 투영해 마치 이것이 자신의 능력이나 재산 등을 대변하고 증명해 준다는 뜻으로 건네며, 거짓으로 지어낸 자기 포장으로 상대방에게서 사랑이라는 호감을 거둬가기 쉽도록 자신을 가격 대비 성능이 좋은 우월한 상품인 양 과대광고를 하는 것이다. 우리가 사랑하는 방식은 흔히 이렇다.

하지만 우리는 이러한 진실을 마주하는 것이 부끄러운 것인지 두려운 것인지 어떤 이유에서 이와 마주하기를 꺼려 한다. 곰곰이 생각해 보면 우리가 사랑을 쟁취하는 방식은 대부분이 이렇다. 단지 이를 마주하는 것을 부정하기에 배려, 헌신 등과 같은 방식으로 사랑한다고 스스로를 기만하고, 현실과는 괴리가 있는 생각을 하는 것일 뿐이다. (물론 이런 방식이 아닌 진실성과 이타심을 발휘해 사랑을 충족해 나가는 사람들도 있다. 그러나 대부분이 이렇다는 것이다.)

시장경제가 도입된 이후로 소유 욕구 그리고 인간에 대한 사물화가 극에 달하니 이것이 여러 관념에 적용되어 수많은 병폐를 낳은 것이다.

자신과 상대를 사물로 치부한 채로 사랑을 하니 진정성 있는 공감과 이타심이 담긴 배려가 아닌 진정한 척하는 공감과 이기심이 담긴 자기 배려가 사랑의 외면에 둔갑한다. 이러한 노력은 모두 이기심에 기초한 그저 어리석은 행동일 뿐인데 말이다.

이기적이고 이타적인 사랑

· · ·

사랑은 일방적으로 행한다고 이루어지는 것이 아닌 쌍방향적으로 상호가 행동하고 서로를 위한 이타심이 전제되어야지만 그 결실을 맺을 수 있는 것이다. 하지만 이타심이 전제된 행동, 사랑에 있어 이타심이 기초한 행동은 우리 인간에게는 너무나도 곤혹스러운 헌신일 뿐이다. 이타심에 기초한 사랑을 하면 대상을 위해 시간을 소비해야 하고 때론 돈을 지불해야 하며, 격정적인 내면의 화를 있는 그대로 느껴야만 하는 고통스러운 상황들을 겪어야만 한다.

그러나 우리 인간들은 고통을 회피하려고 하는 것이 본능이다. 당장 스스로에게 고통을 주는 이타적인 사랑이 아닌 고통을 덜 주고 오히려 당장에는 쾌락을 가져다주며, 고통은 미래 시점에 수반하는 이기적인 사랑을 통해 상대를 가지려고 갖가지 노력들을 행하는 것이다. 그것이 끝을 파멸로 이끌어 더욱이 고통스러운 상황을 가져오는 부질없는 행동이라는 것을 모른 채로 말이다.

생각해 보면 우리가 사랑하는 대상에게 헌신하는 것은 항상 목적이 배후에 감춰져 있다. 호감을 사기 위함, 잠자리를 가지기 위함, 외로움을 달래기 위함, 배경을 빛내기 위함 등 우리가 깊게 의식하지 않을 뿐 항시 의도가 깔려있는 헌신이었다.

만약 이런 의도와 욕구의 충족을 위한 일방적인 사랑의 행동으로 모순된 사랑이 이루어진다고 한들 그 끝은 결국 파괴적인 상황일 것이다.

일방적인 사랑은 잠시 진정한 사랑인 양 둔갑한 것이기에 시간이 지남에 따라 일방적으로 행해지는 사랑이었기에 결국 한쪽을 지치게 하고, 진정한 사랑인 줄 알았던 날들이 씻겨 나가기에 다른 한쪽 또한 사랑을 잊게 된다.

이렇게 파멸을 맞이한 사랑의 주체는 권태와 좌절을 겪으며 고통스러워하고, 이 고통을 지워내기 위해서 다시 사랑을 찾아 떠난다. 똑같이 일방적이고 이기적인 형태의 사랑으로 말이다. 끝에 파멸이 기다리는 사랑이라는 것을 다시 망각한 채로 이전과 같은 사랑을 함으로써 무한한 굴레를 반복한다.

그래서 우리는 굴레길이 아닌 활로를 개척할 진정한 사랑 혹은 이상적인 사랑의 형태와 그 방식을 터득해야만 하고, 사랑의 대상을 찾을 것이 아니라 사랑하는 방법을 골똘히 연구해야 한다. 플라톤이 주창한 이데아, 즉 사랑의 이데아에 가장 근접하는 사랑의 형태를 찾아야 한다.

맹목적으로 이상적인 사랑이 아닌 우리 시대 그리고 우리 인간의 본성과 상호작용하는 상대의 본성과 연관 지어 지금 우리의 상황과 부합한 형태로 사랑을 구상해야 한다.

왜냐하면, 이전에도 말했다시피 우리 인간은 사랑 때문에 콩깍지라는 환상을 보게 되고, 당장의 고통을 피하려다 미래에 더욱 큰 고통을 맞이하게 되기 때문이다.

사랑은 고통이다

. . .

우리가 사랑에 대해 꼭 알아야 할 것이 있다. 사랑은 고통이라는 것이다. 사랑은 대상의 악한 내면에 잔재하는 오물과 같은 본성을 외부로 끌어내고 이것까지 사랑하게 만들며, 사랑해야만 하게끔 우리를 유도한다. 이것이 사랑의 진리이다.

모든 사람이 완벽할 수 없고, 서로 이해관계가 완전히 적중할 수 없기에 상대에게서 처음에는 느끼거나 보지 못했던 실망스러운 부분이 언젠가는 드러나기 마련이다. 이를 버티지 못한다면 사랑은 거기서 그치고, 이러한 상황 속에서 인간은 실망의 크기와 동등한 크기의 고통을 느끼게 된다.

내면의 추악한 모습까지 사랑하는 단계를 실패한 이들은 진실한 사랑을 하지 않았던 것이다. 과연 상대의 아쉽고 사랑스럽지 못한 부분까지 인정해 줘야 하는 사랑이 인간의 최선일까 싶기도 하지만 이것이 이타심을 수용한 사랑의 본모습이다.

이에 의아하다는 생각이 들고 영 납득이 되지 않는다면 과연 이 글을 읽는 당신이 사랑을 할 수 있는 자격 혹은 그릇이 되는지부터 스스로에게 질문해 봐야 할 거 같다. 아마 이에 대해 이해와 공감이 되지 않는다면 당신은 이기적인 사랑을 해왔을 것이다. 그러니 충분히 사랑에 대해 심사숙고하고, 경험하며 내가 한 이야기들을 되짚어보기를 바란다.

물론 대부분이 이타적인 사랑을 하는 사람에 해당하지 않을 테고, 더 나아가 해당되지 않음에도 삶이라는 고통에서 벗어나게 해줄 사랑의 환상을 신앙하며 이에 도취됨으로써 거짓된 사랑을 시도할 것이다. 이것이 일반적인 사실인 것은 맞지만, 일반적이라 해서 정당화되지는 않는다. 과거에 존재했던 노예제도나 전쟁이 당시에는 일반적인 제도와 현상이었다고 한들 정당하지는 않듯이 말이다.

모성애

. . .

사랑의 진정한 형태에 대해 고심해 보자면, 사랑이라는 것은 상호 간 합의 하에 이루어져야 사랑이고, 상대를 위해야 사랑이며 진실해야지 만 사랑이다.

이기심이라는 가방 안에 자신이 원하는 대로 사랑을 채집할 것이 아 니라 이기심이라는 가방은 잊고 자신과 상대방의 사랑을 서로 나누어 가지는 사랑이야말로 진정한 사랑이고, 우리는 이러한 사랑을 해야만 한다.

자신을 원하지 않는 상대에게 사랑을 강요할 것이 아니고, 자신을 거 짓으로 한껏 꾸며내 사랑이랍시고 궤변을 늘어놓을 것이 아니며, 상대 의 만족보다 자신만의 만족을 위하는 희생정신이 결여된 사랑은 결코 사랑의 이상향이자 진정한 사랑이 될 수 없다.

그렇다면 우리 주변에서 목격할 수 있는 진정한 사랑은 어떤 모습을 하고 있을까? 우리는 대부분이 가족이 있고, 그중에는 어머니가 있다. 만일 어머니가 없다고 해도 주변에서 어머니의 역할을 하는 이들을 쉽 게 목격할 수 있다. 그들이 하는 사랑을 생각해 보면 답을 쉽게 도출할 수 있다. 나는 어머니들 혹은 여성으로서 행하는 사랑에서 사랑의 가 장 완벽한 모습을 엿볼 수 있다고 생각한다.

여성이 하는 사랑은 무조건적으로 모성애와 결부되어 있다. 모성애는 암컷 동물이 자신의 새끼를 아끼는 마음을 뜻한다. 그렇기에 여성은 사랑하는 대상에게서 자신의 아이에게 느끼는 감정과 흡사한 감정을 느끼게 된다. 이는 자신과 사랑하는 대상을 동일시하기에 자신만큼이나 상대를 아끼게 되는 것이다. 아이를 낳으면 유전적으로 세상에서 자신과 가장 유사한 생물이기도 하고, 자신의 몸에서 10개월간 함께한 생물이기에 자신과 동일한 존재로 인식하게 됨으로써 아낌없이 본연의 사랑을 펼칠 수 있게 되는 것이다.

어머니가 우리에게 보여준 사랑이 어땠는지 떠올려 보자. 늦은 저녁 시간까지 일을 마치고 돌아와서도 피곤한 기색 하나 없이 우리를 돌봐주던 대단히 헌신적인 모습, 없는 형편에 모을 수 있는 돈과 시간을 마련해 우리가 가지고 싶었고, 가고 싶었던 곳을 사 주시고 함께 가주시던 모습, 잠에서 덜 깬 정신으로 이른 새벽부터 분주히 우리가 먹을 식사를 차려주시던 모습. 이것이 우리의 어머니들이 보여주던 사랑의 모습이다. 우리에게 무엇을 바라지 않으셨다. 그것이 전부였고, 별다른 이유를 가지지 않으셨으며, 그저 우리가 건강하고 멋있게 살아가기를 바라셨을 뿐이다.

그러나 개중에는 자신의 만족과 자신이 다 이루지 못했던 꿈을 이루기 위해 자기 자식한테 자신의 비전과 목표를 투영해 키우는 부모가 있는데, 이들의 모성애는 타락했기에 내가 추구하는 모성애와는 완전하게 결과 방향이 다르다. 사랑이라는 본능보다 시대의 흐름과 간섭이 앞서가 자기가 낳은 자식에게서 자신을 보지 못하는 이들이 생겨나기 시작한 것이다.

그들이 보이는 모성애는 여성의 본능에 근거하는 모성애가 아니라 그저 사회적으로 학습되어 그 결이 어둡게 변모한 인정 욕구와 같은 이기적인 본능에서 기인한 사랑일 뿐이기에 오히려 자식에게 부정적인 영향을 끼쳐 암울한 미래를 만들 것이다.

모성애에 기반을 둔 사랑은 자애롭고 고결하며, 모성애의 비중이 커질수록 더욱 성스러워진다. 우리가 살아가며 받을 수 있는 사랑 중 무엇보다도 가장 우리의 존재를 인식시켜주고 살아야 할 이유를 제공하며, 우리가 또 다른 누군가를 아름답고 격렬하게 사랑할 수 있도록 유인해 주기 때문이다.

이를 통해 우리의 삶에는 활력과 풍요가 깃든다. 불행이 찾아와도 버틸 힘이 생기고, 만일 크게 무너져도 자신을 받쳐줄 굳건한 지지대가 있기에 다시 일어설 수 있고, 우리에게 사랑의 유대를 맺을 수 있도록 해주기에 진정한 슬픔 또한 배울 수 있다. 그렇기에 우리는 인생을 조금 더 의미 있고 입체적이며 다채롭게 즐길 수 있게 되는 것이다.

사랑 덕분에 고통스러운 나날에서도 불행하지 않을 수 있고, 사랑 덕분에 역경 속에서도 땅을 딛고 일어설 수 있으며, 사랑 덕분에 세상을 사랑할 수 있는 관대함과 기쁨의 유대를 나누어 가질 수 있게 된다. 이로써 우리는 한층 상위의 존재로 진화하는 것이다.

사랑은 사랑을 낳는다. 또한 이타적인 사랑을 함으로써 파생된 헌신은 또 다른 헌신이 되어 우리를 도와준다. 이것으로 선순환의 구조가 완성되는 것이다. 사랑은 결국 우리를 돕고 세상을 아름답게 꾸며주며,

선행이 선행으로 돌아와 모두가 행복할 수 있는 세계를 구축해주는 것이다.

그러나 이기심이 개입하면 이것들은 모조리 파괴되어 버린다. 순수한 세상을 타락시키고, 선의로 둔갑한 악의가 빗발치는 세상을 만들어낸다. 그러니 우리는 사랑에 한해서는 이기심을 절제해야 한다. 남을 위해서, 뿐만 아니라 자신이 안도할 수 있는 생존을 위해서 반드시 이타적으로 행동해야 하는 것이다. 이로써 사랑은 우리가 사는 사회 전체와 사회적으로 학습되어 우리의 내면에 존재하는 악한 본성과 융합한 또 다른 악을 정화시켜 준다.

남자의 사랑

• • •

    사랑하는 대상 앞에서 펼쳐지는 남성으로서의 무대는 화려하기 그지 없다. 세상에 그 어떠한 경쟁자와 견주어도 손색없을 정도로 사람 대 사람으로서, 정신 대 정신으로서, 감정 대 감정으로서의 완벽한 역할극을 보여준다. 말끔히 다듬어진 무대 위 저명한 배우는 주변 그 누가 와도 대체될 수 없을 만큼 개성 있는 기조를 뽐낸다. 그러나 실상은 그러하지 못하다. 결점이 없고 인생 자체가 존망 받아야 할 것만 같던 무대 위 빛나던 대배우는 무대 뒤편으로 내려오는 순간 얼굴엔 기름진 주름들이 즐비하고 한동안 씻지 않은 몸에서는 고약한 냄새가 진동하며 허심탄회한 그의 입에서는 천박한 말들이 쏟아져 나온다. 그와 대화를 주고받지 않아도 그의 내밀한 곳의 심상과 정신세계가 얼마나 피폐한 상태인지를 어림짐작할 수 있다.

    그는 무대 위에 올라가 관객으로서의 여성(혹은 그녀와 동일시되는 무언가)의 입맛에 맞추기 위해서, 눈길을 사로잡기 위해서, 다른 배우들을 제치고 유일한 듯한 사랑을 쟁취하기 위해서 무대 뒤편에서 끝없는 절망 그리고 회의와 함께 그녀의 마음을 얻기 위한 궁극의 모색과 경쟁을 반복한다. 그는 텅 빈 방 안 어두운 조명 아래에서 다음 연극을 위한 대본과 서사를 외운다. 무대 위에서 다른 배우들보다 한껏 더 빛남으로써 무대 뒤편에서의 자신은 시간이 지날수록 어두워질지언정 그녀의 모습은 날이 갈수록 더 밝아지게 된다는 사실을 본능적으로 직감한 남성은 처참한 몰골로 자신을 향한 가혹행위를 주체하고, 연극이라는 또 다른 세계에 빠져 그녀를 위한 허영심 가득한 가학적인 연기를 수행한다. 그에게는 고통스러운 날들이 계속되어도 그녀의 모습을 떠올리며 고통을 잊거나 심지어는 행복하고 보람차다고 느끼게 된다.

그렇게 배우로서의 성공적인 연극을 마친 남성의 앞에 눈에 여기던 여성이 다가와 사랑의 단어를 속삭인다. 그 즉시 남성의 눈앞에는 황홀경이 펼쳐진다. 그간 무대 뒤편에서 경험했던 치욕스러운 삶과 투쟁의 현장은 떠올릴 새도 없이 사랑에 눈이 멀고, 그녀를 잃을새라 또다시 무대 뒤편으로 달려가 다음 연극에서 선보일 대사와 서사를 외우기 시작한다. 다시 한번 그에게는 고약한 냄새와 비열한 말들이 맴돌기 시작한다.

무대 뒤편에서 남성을 마주한 여성은 남성의 추악한 민낯에 역겨움을 참지 못하고 극장 밖으로 뛰쳐나가 돌아오지 않는다. 그간의 노고들이 물거품이 된 순간 남성은 좌절하며 쉴 새 없이 눈물을 흐느낀다. 처음에는 자신을 버린 그녀를 원망하기도 하다가 끝내 자신의 경솔함과 안일함 그리고 어리숙함이 낳은 거울에 비친 자신을 마주하고는 자책하며 망연자실해 한다. 와중에도 불현듯 엄습해 오는 공허함과 슬픔이 남성의 심장을 터질 듯 쥐어짜면 남성은 몸부림치며 울부짖는다. 살려달라고, 아니 차라리 죽여달라고, 이제 남성은 과거를 원망하고 후회하기 시작한다. 그러다 배우로서의 재기를 시도해 보기도 하지만 실패를 겪으며 이전보다 더욱 깊은 구렁텅이에 몸을 담그게 된다.

구렁텅이에서 자신이 실패한 이유가 무엇인지, 어떤 것이 실수이자 잘못이었는지, 배우로서 재기할 방법은 없는지 궁리하는 남성에게는 역설적이게도 여성의 부재가 가져다주는 고통이 성찰하고 회귀할 유일한 힘이 되어준다. 자아와 함께 불현듯 떠오르는 기억들을 붙잡으며 이를 각성의 원료로 삼는다. 두 눈을 뜬 채로 심장을 주무르는 슬픔과 세월을 보낸 남성은 지나간 사랑을 붙잡을 해결책을 고심해 봤자 아무 소용없다는 사실을 깨닫게 되며, 그 순간 심장을 주무르는 힘이 약해지기 시작한다. 남성은 이제부터 무대 뒤편에서의 자신의 모습을 회상한다. 간간이 떠오르는 여성의 정신이 그를 방해함에도 굳건히 지난날을 회상한다. 고작 여성의 눈에 잠시 비치는 시간을 위해 인생과 인격의 대부분을 훼손시켰던 시간들, 고약한 냄새와 비열한 태도 때문에 자신을 떠나갔던 소중한 인연들이 머릿속에 스쳐 지나가며 남성의 눈에서 눈물이 한 방울 떨어짐과 동시에 허탈한 웃음이 지어진다. 눈물에는 죄책감, 창피함, 미안함, 뿌듯함의 감정 그리고 여성에 대한 감사함의 마음이 담겨있다. 이와 동시에 그의 심장을 주무르는 고통은 온데간데없이 사라지고, 남성은 이로써 삶의 의지를 얻는다. 더 이상 사랑에 갉아먹히지 않을 자신감이 생긴 것이다.

무대 위로 향하는 남성의 발걸음에는 유창한 애정이, 몸에는 곪은 상처가 아닌 아문 상처가 그만의 개성이 되어 새로운 의미를 창조해 냈고, 그에게서 풍기는 경건해진 남성성의 연한 향은 친근하면서도 이질감이 드는 묘한 냄새다. 그는 이제 무대 뒤편을 거치지 않고 관객들이 보는 좌석에서부터 무대 위로 올라간다. 더 이상은 배우로서의 무대가 아닌 남성으로서의 무대를 준비하는 그의 대담한 태도는 관객에게 표현할 수 없는 진정성의 의미(의사)와 감동을 전달한다. 무대 위 남성은 천박하면서도 고귀하고, 아집스러우면서도 관대하며, 미천하면서도 위대하다. 그에게서 이전만큼의 가식은 찾아볼 수 없어졌다. 사랑에 마음을 다 주었음에도 모든 관객의 눈을 열정적으로 바라보고, 사랑이 결여된 대사에서도 사랑을 담아 이야기하며 매몰차게 눈길을 돌리는 사랑을 마주했음에도 사랑을 바라보는 행위를 멈추지 않는다.

아버지로서 혹은 남성으로서 주체하는 사랑의 전진은 자신을 더욱이 경고하고 경건하면서도 야만적이고 우스꽝스러운 상태로, 성숙함과 어리숙함을 오고 가는 인격체로, 어리석은 번복을 자행하도록 유도한다.

사랑은 우리를 더 나은 존재로 진화시켜 준다

• • •

사랑하는 사람의 애정을 획득하기 위해 자신을 한껏 가꾼 외모, 유식해 보이기 위해 시작한 독서와 탐구 활동 그리고 성적 매력을 발산하기 위해 시작한 운동, 더욱 성숙한 사람으로 보이기 위해 시작한 반성과 변화가 결국 사랑을 넘어 자기 자신을 가꾸는 원동력으로써 우리의 인생에 작용하기 시작하는 것이다.

당신이 사랑을 위해 부단히 노력했던 순간들, 그것들의 목적은 사랑의 쟁취였을지 몰라도 그 순간들이 쌓이고 체득되어 당신이 성장할 수 있는 밑거름이 되어주고, 사랑의 결여에서 찾아온 깨달음들이 세상을 바라볼 안목에 긍정적인 영향을 끼칠 것이다.

이렇게 당신도 모르는 사이에 사랑은 당신을 한 단계 진화시켜주고 있었던 것이다. 사랑을 하고, 사랑의 고통을 즐기고, 사랑으로 무엇을 얻고 깨달을 수 있을지 고찰하는 것이야말로 세상을 살아가는 묘미이자 진리이지 않을까 싶다.

마지막으로 성숙한 사랑이라 함은 서로에게 복종하거나 서로를 지배하는 관계가 아니라 서로를 일체성을 느끼고 위함과 동시에 자신의 개성과 독립성을 잃지 않는 것이니 이제는 어리숙한 사랑에 매몰되는 일은 겪지 않았으면 좋겠다.

사랑의 자격

• • •

이타적인 사랑은 사랑의 대상에게 전적으로 헌신하기에 우리를 지치게 만들 수도 있고, 자신을 희생하며 상대를 빛내줘야 한다는 희생정신을 보면 생존본능에 기인한 인간의 삶의 방식과는 반대되고 합리적이지 않다는 생각을 가질 수도 있으며, 본래 가지고 있던 이기적이라는 그릇된 사랑의 방식을 만천하에 까발리고 인정하며 수긍해야 하기에 알몸으로 세상에 내던져진 것처럼 강한 불쾌함을 느낄 수도 있다. 그리고 지금까지 알고 지내던 사랑에 대한 통념에 전면적으로 부딪히는 행동이기에 세상에 배반하는 느낌을 동반할 수도 있다. 이를 모두 감수하고도 상대의 존재를 인정하며 사랑을 이어나갈 수 있다면 사랑을 해봐라.

그러나 이것이 불가능하고 불편한 것으로 받아들여진다면 사랑에 대한 고찰과 성숙함을 충분히 숙지할 때까지 사랑의 행동을 지양하기를 바란다. 자신의 만족을 위한 섣부른 행동 하나가 누군가에게 화를 불러오고 이러한 현상들이 중첩되어 나비 효과를 불러일으킴으로써 사회 전체를 혼란에 빠트릴 테니 말이다.

만약 사랑하는 상대의 우선순위가 자신보다 앞선 상태라면 지금은 사랑을 하지 말라고 얘기해 주고 싶다. 사랑이 주는 고통을 감내할 수 있고, 사랑이 변질되어 자기 삶의 본질을 훼손시키고 있다는 인지를 하는 순간 단칼에 끊어낼 수 있는 결단력을 겸비한 사람이라면 해라.

사랑은 당연히 고통스럽다. 그럼에도 고통보다 사랑이 주는 행복이 크다면 해라. 그리고 지나칠 정도로 상대에게 몰두하지 마라. 그건 상대도 원치 않고, 자신에게도 해로운 방식이다. 당신 인생을 상대를 위해서만 쓰지 마라. 그건 잘못된 사랑의 방식이다.

사랑은 인생의 일부이지 전체가 아니다. 그 일부를 내어줄 정도의 사랑을 해야지 일부뿐만 아니라 전체를 내어줄 정도로 사랑해서는 안 된다. 내가 지금까지 말했던 이타적이고 배려심 있고 상대를 위하며 고통을 감내한다는 것은 인생이라는 전체 중 사랑이 차지할 수 있는 일부분의 영역에 한해서만 해당하는 이야기다. 그 이상으로 뻗어 나가면 의미가 변질되고 인생을 갉아먹을 테니 그러지 마라.

심사숙고해 보기를 바란다. 당신이 했던 사랑의 행동이 폭력적인 욕망에서 비롯된 충동적인 사랑인지, 성스러운 욕망에서 비롯된 진정한 사랑인지.
우리 인간들은 이제 자기 행동의 본질을 괴롭겠지만 마주해야 하고, 우리의 관계를 위한답시고 혹은 상대를 위한답시고 결국은 자신을 위해 저지른 가식적인 행동들을 멈춰야만 한다.

이 글을 읽는 당신들이 더 많은 후회와 실수로 고통스러워하기 전에 다시 한번 당신이 행한 사랑이 진정한 사랑이 맞았는지 아니면 단순한 이기심에 불과하지는 않았는지 심사숙고해 보길 바란다.

아름다운 여자, 멋있는 남자를 만날 게 아닌 아름다운 여자, 멋있는 남자로 만들어주고 싶은 사람을 만나라.

꿈같은 상대가 아니라, 같이 꿈꾸고 싶은 상대를 만나라.

사랑은 아무나 할 수 있지만, 사랑할 자격은 누구나 갖추고 있지 않다는 것을 명심해라.

7.

인간다움

. . .

생존과 눈치의 합은 환각

• • •

우리는 환상을 만들어 불필요한 싸움을 자행한다. 타인을 왜곡된 모습으로 소환하고, 그들의 입에는 자신의 입을 가져다 붙이고는 실컷 자기 멋대로 떠든다. 그렇게 한참을 떠들다 보니 자신이 소환한 환영이 진짜인지 가짜인지 구분을 하지 못하기 시작한다. 결국 우리는 우리의 생각을 투영한 환상에 잡아먹혀 현실을 구분하지 못하고 과도하면서 부정적인 의미들을 세상에 창출해 냄으로써 자학적인 고통을 겪게 된다.

생각해 보고 주변을 둘러보아라. 환상 속 세상이 아니라고 자신할 수 있는가? 머릿속에 그린 과대망상을 현실이라고 착각하는 우리는 어쩌면 정신병자이지 않을까? 도대체 무엇 때문에 우리는 타인의 말 한마디에 수많은 부연설명을 달고 타인의 사소한 행동 하나에 천재지변이라도 마주한 것마냥 과민반응을 하는 것일까? 환상의 이면에 존재하는 현실을 마주하고 왜 환상을 만들어내는지 알아보자

인간관계가 우리의 인생에 필연적으로 존재하고 영향을 주기 때문이고, 자기를 보존하고 싶다는 욕구 때문이다. 우리는 타인에게서 호의와 존중을 받고 싶어 하고 박해와 멸시 그리고 핍박받기를 두려워하며 기피한다. 이것은 자아를 보호하기 위한 본능에서 출발한다. 흔히 우리는 경제적 자산, 사회적 위치, 학업적 성적을 일궈낼 수 있게 해주는 능력과 인성 등을 과시하기를 원한다. 이것들은 모두 대상이 있어야지만

과시할 수 있다. 애초에 대상이라 여겨질 만한 생물이 없으면 과시하지 않았겠지만, 대상이 넘쳐나는 이 세상에서 우리의 내면에 숨어있던 과시욕을 대상이 일깨워주고 이것이 생존에 유리하다 판단한 인간들은 대상들의 눈치를 보며 불편한 관계를 맺기 시작한다.

인정에서 쾌락을 얻기에 지속한다. 마치 마약과 같이 환각이 주는 고통스러운 일시적 쾌락에 현혹되어 현실을 잊은 채 남의 삶을 살아가고 깨어나지 못한 이들은 죽을 때까지 타인의 입맛에 맞는 음식을 만들어낸다. 그러다 죽을 때가 되어서야 깨닫는다. 또한 현대사회에서는 능력, 인성, 학벌의 종합적인 평가에 지나칠 정도로 중요도를 부여하고 민감하게 반응하는 구조가 굳건히 자리 잡고 있기 때문에 우리는 사회가 강력하게 요구하는 속이 텅 빈 가치를 지키고 홍보해야만 살아남을 수 있다는 자각을 가지게 된 것이다. 그것이 생존과 직결되기에 그럴 수도 있다.

진정한 인간다움과 사회적 인간다움은 다르다

• • •

이러한 타인의 시선과 사회의 절대적인 순응에 대한 집착은 우리가 인간다움의 기준과 타인이 내세우는 사회적 기준을 동일시하게 만들었고, 타인의 기준에서 벗어나는 행동을 하면 사회에 배반했다고 생각하고 생존에 문제가 생기며 마치 범죄를 저지른 것과 같은 죄책감을 느끼게 되었다.

정작 타인은 신경 쓰지도 않고 생각보다 관대할 수도 있는데 말이다. 눈치 보는 것은 그저 비관적인 자기 환상일 뿐이다. 어린 시절로 회귀해 보면 우리는 크게 주변을 신경 쓰지 않았고, 나이가 들수록 인간 세상에서 살아갈 수 있는 최소치의 도덕규범과 학업 그리고 법률 등에 맞추며 살게 한다. 최소한의 기준에 부합하는 삶을 사는 사람이 있는 반면 그 이상으로 나아가 도덕규범과 학업의 의미를 재해석하고 변질시키며 이로써 자신에게 거짓에서 비롯된 고통을 선사하는 사람도 있다.

나다움을 소실한 인간

• • •

결국 우리는 '나다움'을 소실한 인간이다. 영혼을 잃은 인간을 생명이라 할 수 있을까? 이제부터 우리는 나다움을 찾아가는 여정에 동참해야 한다. 그렇다면 나다운 게 무엇일까? 자신이 개인적인 존재로 살아가고 있는지 객관적으로 확인할 필요가 있다.

개인적임과 이기적임은 다르다. 개인적임은 자기 자체로 발광할 수 있는 것이고, 이기적임은 남의 빛으로 자신을 빛나게 하는 것이다. 본론으로 돌아와서 나다움을 나는 인간다움이라고 생각한다. 인간다움에 대한 정의와 떠도는 관념은 시대별로, 문화별로 모두 상이하게 나타날 것이다. 현재의 인간다움과 실제 삶의 가까운 지점에서 목격할 수 있는 사소한 일탈 그리고 통일되는 여러 가지 행동들이 과거의 인간다움과 비교한다면 다를 것이다. 나는 이런 시대적 착오가 낳은 인간상을 관통하고 어느 세상에서도 통용될 수 있는 인간다움이 나다움이라 생각한다. 즉 개인적인 인간다움을 마음에 담아야 한다.

SNS, 중·고등교육, 유명한 온라인 게임, 유행하는 옷과 같은 사물들, 이것들은 모두 이기적인 인간다움이고, 10명 중 9명 이상이 모두 해당하는 사례이다. 보통 우리는 모두 나답게 살아가고 있다고 생각하지만, 동일한 나다움을 가진 수많은 사람이 가득 채워진 사회에서 나다움이 인공적으로 만들어진 것이 아닐까 하는 의심을 할 수 있다. 그렇다면 우리는 왜 동일한 나다움을 가지고 있는 것일까?

우리가 나답다고 생각한 모든 것들이 역사적으로 권위를 가졌던 이들이 세상의 흐름과 구성을 자신에게 유리하게 작용하도록 만들기 위한 이기심에서 시작했다면 믿을 수 있겠는가? 이들은 이기심을 충족하기 위해 자신을 평범하다고 생각하는 몇십억의 인구를 이용해 권위자인 본인을 밝게 빛내고 있다.

우리가 평범하다고 생각했던 것의 기준은 아마도 '현재 사람들에게 일반적인 형태로 받아들여지는가?'일 것이다. 그러나 앞서 언급했다시피 시대별 권위자들이 만든 것이기에 본질은 일반적이기보다는 독자적임에 더 가깝다. 따라서 지금까지의 평범함은 이기적이고, 우리가 나답다고 생각했던 행동들이 대다수에게 동일하게 나타났던 이유도 이때문이다. 몇십억의 인구가 의도했든 의도하지 않았든 몇몇 권위자들을 추종하는 것이기에 평범보다는 개인 하나를 빛내주기 위한 부속품이었다가 적절한 표현일 것이고, 나는 부속품과 같은 그들을 이 사회를 만든 소수의 권위자와 동일시한다. 동일함은 곧 하나를 의미하며, 이는 다시 소수의 이기심을 상징한다.

그럼에도 시대적 산물과는 적당한 거리를 두고 살아가는 소수의 개인적인 인간다움의 주인공들은 저마다의 지조와 생활, 철학 등을 자유롭고 고결하며 은은하게 세상에 내비치며 살아가고 있다. 자신의 정체성과 신념을 담백하게 언어와 행동으로 담아내는 이들이야말로 진정한 권위자가 아닐까 생각이 든다. 이것이 평범함이라고 생각한다. 진정한 나다움이 무엇이고, 진정한 평범함이 무엇인지 고찰해 보기를 바란다.

기억의 왜곡

. . .

우리는 너무나도 많은 기억을 가지고 살아간다. 아주 찰나의 순간이라고 한들 생각만 해도 고통스러운 기억은 무의식 세계 깊은 곳 어딘가에 꽁꽁 감춰둔 채 없었던 기억인 양 무덤덤하게 살아가고, 나에게 행복이라는 감정을 복기시켜 줄 수 있는 행복했던 기억들은 몇 번이고 상기시키기 위한 시도를 한다.

은연중에 선별적으로 기억의 저장과 추출을 하기에 우리는 의식하지 못한 채 어느 순간부터 조작된 기억 속에서 사고와 추측을 하며 살아가게 된다.

내가 지켜본 선별적인 기억의 사용은 다음과 같았다. 흔히 고통스러운 지난날들의 고난과 역경이 현재 자신이 일궈낸 성취를 더욱이 빛나게 해주는 보정 역할을 톡톡히 해준다면 기어코 해당 기억을 세상으로 꺼내서 과장하고, 새로운 기억을 약간 추가하여 보정 효과를 올린다. 이로써 우리는 타인으로부터 총애와 권위를 얻을 수 있다.

때론 사랑했던 연인과의 기억을 조금 더 애처롭고 돈독했던 기억으로 저장하여 교제하던 당시의 기억을 회상하며, 극단적인 사랑의 감정을 다시금 느끼기 위해 기억을 왜곡시키기도 한다. 때론 나를 심하게 괴롭혔던 학교 동급생, 나에게 쓰레기 같은 부조리를 일삼던 군대 선임, 나를 감정 쓰레기통이라고 여기는 것마냥 시도 때도 없이 갈구던 직장 상사에 대한 기억은 시간이 지날수록 미화되어 추억으로 간직하게 된다.

기억의 왜곡은 무의식중에 일어나기도 하지만 의식화해서 일으켰다가도 그 사실을 왜곡했다는 자체를 망각하기도 한다. 이처럼 왜곡의 끈들이 의식과 무의식 사이를 자유롭게 오고 가는 모습을 보니 어쩌면 우리가 기억하고 있는 모든 순간은 100% 진실이라고 단언할 수는 없을 듯하다.

과거를 현재에서 판단하지 마라

• • •

기억을 왜곡시키는 인간의 기능은 우리에게 만족감을 충족시키고 불안감을 경감시키기 위한 일종의 본능적인 시도로 여겨질 수 있다. 하지만 기억의 왜곡은 여러 가지 문제를 야기한다.

현실에 있는 누구에게도 피해를 주지도 않은 채로 나의 만족을 이끌어낼 수 있는 합리적이고 값싼 기능인데 무엇이 문제냐고 생각할 수도 있다. 물론 우리에게 이렇게 쉽사리 그것도 죄책감 따위 동반하지 않고 만족감을 주는 기능은 몇 없기에 우리에게 이는 합리적인 선택인 듯 비치기는 한다.

그러나 기억의 왜곡은 현실과의 괴리감을 동반하고 스스로를 교란한다는 문제를 야기한다.

내가 아는 한 여성의 이야기다. 가정폭력을 일삼던 알코올 중독자 아버지를 둔 여성은 어린 시절 극심한 스트레스를 받으며 자랐으나 젊은 나이에 돌아가신 아버지의 장례식에 찾아오는 사람이라고는 자신뿐이라는 처량한 아버지의 처지가 안쓰럽고 불쌍해서 과거 아버지가 했던 행동들은 현재의 처지에 빗대 나름의 이유로 삼음으로써 납득하고 자신에게 엄격했던 아버지였다 정도로 기억을 저장하고 그 기억을 마무리 지었다. 당시에 나는 정말로 어리석은 여성이라고 생각했다. 물론 내가 경험해 보지 못한 일에 대해서 함부로 평가할 수 없는 부분이었기에 직접 이야기하지는 않았었다. 한편으로는 나도 이 정도 기억의 미화는 정신적인 건강에 이롭지 않을까 하는 생각을 했었다. 그러나 얼마 지나지 않아 당시 사건에 대한 미화가 가져올 부정적인 결과에 대해 고심하여 생각해 봤다.

우리는 현재의 상황과 관점으로 과거의 사건들을 해석하고 기억으로 저장한다. 위와 같은 이야기는 여러 방면에서 부정적인 결과를 초래할 수 있다. 알코올 중독자인 아버지의 부적절한 행동 양상에 대한 밑도 끝도 없는 관대함으로 발전할 수도, 자신이 알코올 중독자가 된 상황이 됐다고 가정한다면 자신도 아버지와 같이 비윤리적인 행동을 한들 자신의 처지가 남들에게 딱하게 여겨진다면 누구나 이해해 줄 것이라는 합리화와 착각을 할 수도 있다. 이는 알코올 중독이라는 단일적 상황에 국한되는 조건과 추측이 아니라 어떤 상황으로든 뻗어 나갈 수 있는 포괄적인 추측이다.

합리적이라고 생각했던 기능이 한편으로는 우리가 가진 합리성의 결여를 초래한 것이다.

끼리끼리 논다

• • •

끼리끼리 논다는 말이 있다. 비슷한 성향, 유사한 외형 등 서로 동일한 부분을 기준으로 삼아 한 집단 내 사람들끼리 뭉치게 된 이유를 간결하게 이야기할 때 자주 인용되는 말이다.

우리는 모두 끼리끼리 놀려고 한다. 이해관계가 상충하는 이와는 긍정적인 관계를 장기간 지속하지 못할 것이고, 비전이 일치하지 않고 삶을 대하는 자세가 천차만별인 수많은 사람과 함께 나아가기는 아무래도 어려울 것이다. 그렇기에 우리는 자신이 살아갈 때 길잡이, 보조자, 동반자가 되어주기에 적합한 자격과 도움이 될 만한 내외적 능력을 갖추었는지 상대를 검토하고 평가하게 된다. 해당 심사에서 부적합하다는 평이 내려진 이들과는 연을 달리하게 된다.

사실 끼리끼리가 되기란 참으로 어려운 일이다. 주변 어디를 봐도 자신과 비슷한 사람은 극소수에 가깝다. 10년을 산 사람도, 20년을 산 사람도, 30년을 산 사람 중에도 여태까지 자신과 비슷하다고 받아들여지는 사람을 만나본 적이 없을 수도 있다. 어쩌면 그렇기에 더욱이 결이 비슷한 사람과의 만남과 교류를 갈망하는지도 모르겠다.

다시 본론으로 돌아와 우리는 결이 비슷한 사람을 찾기 이전에 존재 자체로 미워하게 되는 사람들(속된 말로 개 같은 사람, 멍청한 사람)을 어떻게 대해야 할지에 대한 마음가짐과 처세술에 대해 공부하고 실천할 필요가 있다.

단도직입적으로 우리는 상대를 가르쳐 줄 줄 알아야 한다. 그리고 기다릴 줄 알아야 하고 받아들이며 이해할 줄 알아야 한다. 모두가 유능할 순 없고 모두가 재미있을 순 없으며 모두가 성실할 수는 없는 것이다. 사소한 부분에 있어서도 완벽을 바래서도 강요해서도 안 된다.

분명히 주변 사람에 대한 비방과 책임 전가를 일삼는 이들 또한 남들이 보기에는 별다를 바 없는 결이 다른 사람 중 한 명이다. 무슨 말이냐면 다른 누군가의 눈에는 누군가를 미워하기를 외부로 표출하는 우리의 모습 또한 존재 자체로 미워할 만한 사람일 수 있다는 얘기다.

우리는 이 사실을 인지하고 겸손하게 자신을 돌아보고 겸허하게 상대에게서 배울 줄 알아야 한다. 마냥 자신과 다른 이가 부족하다고, 불필요하다고 비아냥거릴 것이 아니라 어떻게 하면 저 이를 도울 수 있을까에 대한 고심과 실천을 해봐야 한다.

이는 아주 값진 경험이 될 것이다. 남을 정서적으로 생활적으로 도와준 경험이 순환하여 자신을 도울 수 있는 방법을 가르쳐줄 테니 말이다. 남에게 간접적으로 변화의 영향력을 행사하는 것은 결국 자신의 변화를 가져오는 행동이다. 이는 인지에 대한 심오한 통찰이 알려주는 사실이다.

우리는 남을 보고 학습한다. 무의식적으로 사람들의 행동과 성격을 분석하며 그곳에 자신을 대입해보는 사고를 진행한다. 예를 들면 눈살이 찌푸려지는 행동을 하는 이를 보면 우리는 속으로 '나는 저런 짓은 하지 않아야지.'라고 생각한다. 그렇게 우리는 서서히 인식 세계에 도덕 규범과 같이 사람들에게 피해를 주지 않을 행동 규범을 확립한다.

이와 마찬가지로 미워하게 된 사람을 보며 그 이유를 분석하고 자신에게 적용해 규범을 조정할 수 있다. 이것이 우리가 원하는 가장 직접적인 변화가 될 것이다.

만약 눈살을 찌푸리게 만드는 사람이 없었다면 우리는 어딜 가나 욕을 먹고 미움받았을 것이다. 미움받는 사람이 주변에 있음에 우리는 오히려 감사한 마음을 가져야 한다. 덕분에 어디 가서 미움받지 않을 수 있게 되었으니까 말이다.

그러나 언제나 미움받을 행동을 기피하고 저항하는 것은 삶에 크게 유익하지 않을 것이다. 때론 미움받을 용기가 필요하다. 이를테면 여성 인권 운동, 독립운동, 어린 발명가의 실현 불가능해 보이는 연설 등과 같이 소수의 입장에서 생소한 주장을 하는 이들은 모두 비웃음거리가 되었고, 비웃던 모든 사람은 무의식적으로 저런 행동은 하지 않아야겠다고 생각했을 것이다.

하지만 비웃던 사람들은 모두 틀렸다. 성별과 관계없이 모두가 평등할 권리가 있어야 하고, 본래의 역사 속에서 길러진 국가의 민족은 독립적인 자주의 땅이 있어야 정당했으며 모두가 비웃던 발명가는 아인슈타인과 같은 세계를 바꿔놓은 위대한 발명가가 되었다. 미움받던 사람들은 오히려 용기 있는 위인이었던 것이다.

이와 같이 우리는 미움 받는 사람에게서 행동의 극단적인 절제만 배울 것이 아니라 혁명적인 행동의 실행도 배울 수 있다. 그렇기에 우리는 더욱이 미움과 친하게 지내야 한다.

그래서 나는 어처구니없는 사람을 만나면 미워하기보다는 흥미를 가지고 즐긴다. 욕하기보다는 질문을 주고받는다. 남들이 멀어질 때 더욱 가까워지려고 노력한다.

내가 오랜 시간을 살아오지는 않았지만 내가 성장하고 배울 때는 언제나 인간의 추악함이 곁을 둘러싸고 있었고, 때론 추악함이라 오해했던 것들이 내가 까막눈이었다는 것을 깨닫게 해주는 대범한 성격이었던 적도 있었다. 그럴 때면 내가 상대 입장이 되어서 내가 추악한 미움 받을 사람이었다는 것을 알게 된다.

강력한 빛은 우리의 눈을 멀게 할 것이고, 희미한 빛은 우리를 더 멀리 바라보게 할 것이다. 좋은 사람만을 만나면 황홀한 지평선만 바라보며 걷다가 바닷가에 빠져 죽을 것이고, 나쁜 사람을 만나면 바다를 건널 배를 찾게 될 것이다.

8.

강인함, 영웅

:

주인공이라는 착각

• • •

자신만이 주인공이라는 편협한 생각에 갇힌 이들은 자동적으로 타인을 존중하지 않는 태도를 겸비하게 되고, 이로부터 하대, 비난, 간섭 등의 파괴적인 행동들이 파생되어 타인을 고통스럽게 만듦으로 세상에 신음이 즐비하게 만든다. 그러나 이들은 이미 무척이나 확고한 사고에 길들여져 버려 자신이 세상을 망치고 있다는 사실은 인지하지 못한채로 타인의 조언은 무시한다. 자신이 가진 주변의 사소한 평판과 인정에 기반을 둔 알량한 가치를 내세우며 고통을 양산하고, 자신의 유쾌와 불쾌에 한해서 상황을 평가하고 사람을 비난한다.

이들을 존중의 결여와 자신만이 주인공이라는 편협한 생각으로 유인하는 요인 중 한 가지는 인정 욕구이다. 존중의 결여는 간섭과 무시라는 행동 둘 중 한 가지로 발전한다. 쉽게 내뱉는 말 중 상대의 행동을 잘못이라고 주장하며 자신의 생각을 상대가 궁금해하지도 않고, 상대의 행동이 자신에게 어떠한 부정적인 영향도 주지 않았음에도 자신의 주장을 관철하고, 이에 상대가 순응한다는 정복감에서 상대를 가르칠수 있다는 또 다른 감정인 우월감과 더불어 주변 사람들에게 이 상황을 조명시키며 자신이 마치 저명한 학자, 유능한 인재, 성숙한 어른, 통찰력을 겸비한 사람 등과 같은 본받아야 마땅할 인간상으로 비치고 이를 통해 인정받기를 원하는 욕구에서 기인한 지독하게 이기적이고 의도적인 행동이다.

이들은 내부에서 충족하지 못한 자아를 실제로 소환하여 실현하려고 타인에게 간섭한다. 자신을 외부로 연장시켜 줄 수단으로 타인에게 자신의 신념을 강요하는 것이며, 이를 통해 자신이 존재하고 있음을 명확하게 인식할 수 있기에 이를 수차례 시도한다. 주변에 있는 꼰대라 칭해지는 고지식한 어른, 고약하고 고집 센 상사 등이 위와 같은 사람이다.

'소문', 마치 타인에게 혹은 주변인에게 아니면 대상에게 자신이 우월하다는 것을 입증해 이들의 사고와 자신을 대하는 태도에 자신이 소망하는 모습을 주입시킴으로써 자신에 대한 숭고한 평가를 내놓게 하려는 의도이다.

그러나 이는 모두 거짓이다. 자신도 이것이 거짓 소문임을 앎에도 타인의 평가에 운운하고 감정이 좌지우지되며, 권위주의적인 의식이 주된 자리에 매김하게 된다. 나이 혹은 주변에서 얻은 사소한 인정에 취해 자신이 근거 있는 권능을 갖춘 유능한 권위자라고 착각하기에 쉽사리 타인에게 평가를 내놓고 일일이 지적하는 일을 저지른다. 이런 이들은 아무리 유능하다고 한들 끝내 주변 사람들에게 매장당한다.

모든 것을 자신의 기준에서 평가한다. 사소한 인정을 받으니 그 인정을 내놓은 사람들만이 자신의 세상이자 네트워크라고 생각하며 안목은 거기에서 그치고 자기 기준이 최고이고 중심인 줄 알게 되는 것이다. 그야말로 편법 그 자체다. 알량한 권위와 허상에 사활을 걸고 그게 다인 줄 안다. 위에서 말한 것들은 당신 주변 사람들이 당신에게 무례한 태도를 보이는 이유 중 하나이다. 혹은 당신이 상대를 무시하고 간섭하는 이유 중 하나이다.

존중의 결여가 초래하는 문제는 자신만의 세상과 시각에 자신과 진짜 세상을 가둔 채로 자신의 가치를 필요 이상으로 관철하고 과대평가하게 된다는 것이다.

존중하지 않는 태도는 상대를 자신보다 열등한 존재로 인식하기에 시작되며 자신이 살아온 길에 기반을 둔 시각으로만 세상을 바라보기에 사각지대에 존재하는 다른 이의 길을 쉽사리 무시하고, 가외의 것으로 치부한다. 그렇기에 당연히 자신이 이 세상의 주인공이고, 남들 또한 마찬가지로 생각할 것이라고 굳게 믿는다.

그러나 80억 명이 사는 세상에서 한 사람만이 옳을 수는 없고, 주인공은 더더욱 될 수 없다. 그런데도 자신만이 주인공이라고 생각하는 이들의 심리는 세상 사람들에게 전파되고 동일한 부류의 사람이 다수 생겨나며 자신만이 주인공이라고 생각하는 이들이 다수를 구성해 결국 그들의 생각과는 불일치하는 모순적인 상황이 발생했고, 이러한 모순 속에 갇힌 이들의 편협한 사고와 교만한 태도로 인해 피해를 받는 이들 또한 생겨났다.

조금 더 지능적이고 교활한 이들은 자신의 권위의식과 악덕함을 처세술로 무마하려 한다. 의식하고 일회적인 예의 정도는 차릴 수 있으나 이는 그냥 자신의 태도에 대한 죄책감에서 나오는 기만 정도일 뿐이고, 우리는 기만을 수도 없이 하면서 살지만 쉽게 인지하지 못한다. 유효하고 한정된 예의를 세상에 내세우며 존중이라고 변명 같은 합리화를 시도하는데, 본질적으로는 존중이 내재되어 있지 않은 처세술은 오히려 세상에 혼란을 가중할 뿐이다.

행동이 우선 된다고 해서 그 사람을 둘러싼 분위기와 사이에 보이지 않는 감정의 벽은 바뀌지 않으니 거짓말과 위선으로 상대를 위하는 척 따위를 할 거면 차라리 원래대로 지내라고 말하고 싶다. 위선과 가식은 더 큰 화를 불러올 것이고, 관계의 종지부를 부정적인 방향으로 화려하게 장식할 테니 말이다.

슈퍼맨

. . .

　자기기만에 빠져 자신의 권능과 자아 그리고 능력을 최고의 가치로 여기는 사람들에게 특효의 처방이 있다. 그들의 사고 자체를 바꾸기는 무척이나 힘겨울 것이라 생각하기에 사고가 향하고 나아가고 있는 방향을 바꾸려는 시도를 해보고 싶다.

　자신이 최고이자 최강이라고 생각하는 이들은 하등 아랫것들로 여기는 이들을 혐오와 가소로움의 시선으로 바라볼 것이 아니라 연민과 사랑의 감정이 담긴 시선으로 마음속 한편에는 저들을 변화시키지 못하고, 자신 또한 무의식중에 저들의 환경에 익숙해지고, 저들의 비전에 유의미하고 긍정적인 영향을 부여하지 못한 자신에 대한 수치심과 죄책감을 느꼈으면 한다. 더욱이 멋있고 성숙한 사람으로 발돋움하여 하등 아랫것들로만 보이던 저들에게 상승기류를 불어주는 자신의 영향력이 세계에까지 실제로 뻗칠 수 있다는 사실과 지금까지는 내면에서만 순환하던 자기애와 같은 것들을 외부로 확장시키려는 도전의식을 가지는 그런 멋있는 사람이 되길 바란다. 이후에는 자신으로 인해 성장해 나가는 이들을 관조하며 대견함과 뿌듯함 그리고 보람을 느끼며 권위의식을 이전과는 확연히 상이한 방향으로 새로이 추구하여 나름의 서열과 우월감이 잔재하는 한편 화합과 협동이 함께하여 서로의 인격체를 도덕적이고 혁신적이며 대범하게 발전시킬 수 있도록 진심으로 소망한다.

자신이 강하다면 그만큼 약한 사람들을 포용해 주고 육성해 줄 수 있는 영웅의 면모를 보여줬으면 한다.

어딘가에 존재할 우리의 영웅에 대하여

• • •

살다 보면 진심으로 존경하게 되는 멋있는 사람이 등장하기 마련이다. 진리를 깨달은 듯한 기조 있는 언변과 세상을 여행하듯 인자함이 담긴 그들의 여유로운 발걸음 그리고 초연히 모든 현상과 상황들을 대하는 카리스마 있으면서도 점잖은 그들의 품위가 우리를 매료시킨다. 이들로부터 동기와 끝없는 영감 그리고 이상을 꿈꾸게 된다. 어쩌면 내 인생의 주인공은 내가 아니라 저 사람이지 않을까 하는 생각이 들 정도로 황홀한 매력이 우리를 홀린다.

영웅을 향한 감탄과 동경은 그 자리에 만족하지 않고 좋은 의미에서 우리를 잠식한다. 저들과의 동질감을 느끼고 싶다는 욕망이 세상에 우리를 동경하게 될 누군가의 영웅이 되도록 한다. 인간에게 귀감이 되어주는 것만큼 가치 있는 일은 많이 없을 것이다. 생물의 마음속에 그리고 무의식 속에 거주하는 영웅의 형상은 과거 현재 미래의 모든 순간에 영향을 줄 수 있다.

그렇다면 우리는 영웅이 될 수 있을까? 영웅이 될 수 있다면 어떻게 해야지 영웅이 될 수 있을까? 정신력의 강함, 불의 앞에서 침착을 유지하고, 분노할 때는 이성을 잃지 않고, 인생의 사건에게 다가서서 열정을 보이는 것이 영웅다운 것일까?
영웅이라면 세상에 굴복하지 않고 타인의 행동 하나하나에 감정과 에너지를 뺏기지 않은 채로 온전히 스스로의 인생을 관철해 나갈 수 있을 정도로 굳건한 자아가 필요할 것이다.

누군가를 가여워함이 영웅스러움의 시작이다

• • •

가여워함은 영웅이 되기 위한 첫걸음이 될 것이다. 가여워함은 기본적으로 이타심이 전제되어야 한다. 이 글의 주제와 접목시키면 영웅이 되고 싶다는 이기심이 곧 누군가를 위한 이타심이 되기 위한 재료가 된다.

이기심은 이타심과 반대되지 않고, 서로의 끝에서 이어진다는 사실을 알아야 한다. 겹쳐지지 못할 뿐이지 두 가지 성격을 모두 오고 갈 수 있다. 그렇기에 우리는 두 성격의 모호한 경계에서 외줄 타기를 하며 영웅이 되기 위한 동기와 본질적인 이치 그리고 작동 원리와 성공적인 실행을 위한 원초적인 인간의 심리를 깨우쳐야 한다.

여유로움 속에서 나태해지지 않기 위해 우리가 성실함을 애타게 찾듯이, 영웅에 대한 선망이 이타적임의 절정에 다다르지 않기 위해서 우리는 영웅이 되고 싶었던 가장 우선되는 이유인 이기심을 주기적으로 상기시켜줘야 한다. 왜냐하면, 이타심의 절정은 본인의 인생을 훼손시킬 것이기 때문이다. 내가 말하는 절정은 단일적인 상대에 대한 이타심의 극치가 아니라 복합적인 여러 상대에 대한 이타심의 극치를 뜻한다.

이전에 사랑의 이타심에 대해 이야기했듯이 우리가 단일 대상을 두고 벌이는 치열한 사랑의 실천은 우리의 인생을 걸 만큼 신중하고 때론 무모한 도전이다. 영웅이 됨도 마찬가지로 누군가를 사랑하게 될 실천적 행위가 되며, 영웅이기 이전에 인간이기에 시작부터 복합적인 이타심으로 세상에 들어선다면 무모함이 의지를 훼손시킬 것이다. 앞으로 이야기할 영웅이 갖춰야 할 가장 기본적인 태도에 대해서 무한한 수용이 생길 수 있기에 이전에 이타심의 절제와 이기심의 상기가 섞인 중용을 강조하는 것이다.

영웅으로서 존재하기 위해서는 포용할 줄 아는 태도와 측은지심이 필요하다. 이게 무슨 뜻이냐면 우리는 무조건 인간들과 공생한다. 거기에서 오는 행복도 있겠지만 불쾌함과 혐오도 있다. 이런 부정적인 감정은 사회에 동조할수록, 인간에게 익숙해질수록 그 크기가 방대해져 우리의 감정 공간을 압도해 버린다.

감정의 소비가 커져 정서적 교감의 부재가 생길 수 있다. 인간에게 있어 정서적 교감이라 함은 불안의 감소, 우울의 해소 난잡한 생각의 정돈, 감정의 해방을 이뤄낼 수 있는 중요한 마음의 동작이다. 이러한 마음의 스트레칭이 부족해지면 마음은 굳어버려 차갑고 딱딱한 기계처럼 변해 죽은 세포에게 점령당할 것이다. 영웅이 되기 위해서는 죽은 세포들이 아닌 생기 있는 세포들이 우리의 마음을 주물러줘야 한다. 우리에게 다가오는 부정의 마음을 보고 낙담한 이유를 물어볼 줄 알아야 한다.

우리는 부정적인 감정을 느끼게 하는 대상을 교화시키려는 부단한 노력을 보여야 한다. 물론 신념의 강요, 자기중심적인 설교, 공감대의 형성이 없는 일방적인 대화가 아니라 은은하고 간접적으로 그리고 느긋하게 여유를 가시며 그들에게 영향을 주어야 한다. 강제성과 일방성이 개입하는 순간 기존에 가지고 있던 부정적인 감정에 불을 붙이게 되고, 자신이 이루려던 목적과 내용이 변질되기에 상대의 입장에서 먼저 고려해보는 영향력을 행사해야 한다.

솔선수범하는 모습으로 상대에게 선망의 개념을 다시금 깨닫게 하고, 영웅다운 모습으로 희열을 느끼게 하며, 인자한 노인 같은 모습으로 성찰하도록 종용해야 한다.

부정적인 감정과 신념 그리고 사상은 저절로 전파되고 불량한 태도와 처세는 전이됨과 동시에 반감을 불러일으킨다.

그렇기에 우리가 부정적일수록 세상은 검게 물들고, 긍정적일수록 세상은 다채롭게 변한다. 사람은 쉽게 물들기에 어쩌면 우리는 생각보다 많은 사람을 선망의 모습으로 물들임으로써 쉽게 선의 영웅으로 칭송받을 수도 있다. 그러나 인간들이 쉽게 물드는 것은 자신에게도 해당되기에 자신만큼은 쉽게 물들지 않는 유연한 자아로 진화를 거듭해야 한다.

그렇게 세상을 자신의 노력으로 물들이면 영웅으로 새로이 태어날 수 있다. 그러나 우리는 이를 달성하지 못할 것이다. 거와 통틀어 몇백억이 되는 인구 중 위와 같은 인물은 극히 희소했기에 우리는 노력만으로 이를 이루기란 쉽지 않을 것이다. 또한 우리는 쉽게 물들 수 있기에 더욱이 어렵다. 영웅이 되기 위해서 타파하고 극복하며 초월해야 할 난관과 과제가 너무 많다.

9.

고통과
시간의 흐름

:

범람하는 기분을 쓸어 담는 가을바람

• • •

해가 뜨거운 열기를 내뿜는 여름이면 분노를 표출하듯이 붉어진 피부 위로 땀이 범람하여 아래로 흘러내리고, 한 계절이 지나 붉어진 나뭇잎의 색감과 선선한 바람이 한데 아우러져 피부의 열기와 땀을 앗아가 주면 언제 그랬냐는 듯이 활기찬 미소가 얼굴을 가득 채운다. 순환하는 계절 안에서 인간은 다음 계절이 풍겨오는 감정과 기분의 향을 다시금 맡게 된다. 우리도 시간을 향해 나아가고, 시간도 우리를 향해 다가온다. 시간에 잔재하는 다양한 요소가 시시각각 멋대로 날뛰지만, 시간과 우리는 어긋나기도 하고 다시 마주치기도 한다는 사실에는 변함이 없다.

시간 안에는 너무나도 많은 요소가 우리를 기다리고 있다. 그중에서 자신의 자리를 견고히 지키는 우량한 요소들이 우리의 삶에 조금 더 직접적인 영향을 끼친다. 개중에는 고통과 행복이 그 자리를 대표하고, 나는 고통에 대해 시간의 흐름과 연관 지어 이야기해 보려고 한다.

어차피 시간은 흐른다. 아무리 불합리하고 비상식적인 상황에서 오는 고통이라고 해도 결국은 끝이 난다. 모든 것은 시간이 해결해 준다. 이런 결과에 반드시 귀결된다는 사실을 인정하고 인식하고만 있다면 인생이 조금은 덜 불행하고 삶을 사는 것이 한결 수월해질 것이다. 이로써 고통에 대한 강력한 내성이 생긴다.

한 상황에서 오는 고통은 무한하지도 영원하지도 않다. 먹구름에서 내려오는 비는 그치고, 모든 생물에게 죽음이 찾아오며, 해가 뜨고 시간이 지나면 해가 저물 듯이 고통에도 끝이 있기 마련이다. 감각을 가진 인간이기에 고통을 완전히 회피할 수 있다고 장담하지는 못하겠다. 그렇다면 고통의 순풍에 올라타 보는 것은 어떨까? 마냥 고통스럽다고 불평할 것이 아니라 고통에서 포착할 수 있는 기회와 의미(가치)를 발견해야 한다.

누구에게나 불평과 발견을 할 기회는 주어진다. 하지만 대개 불평은 모두가 하는 반면에 발견은 모두가 하지는 못한다. 우리는 고난이 엄습해 오면 기력을 잃고 호흡의 박자감 그리고 이성적인 사고력을 일순간 잃게 된다. 그러고서는 제자리에서 무작정 화를 쏟아낸다. 내면에서 혈투를 펼치기 시작한 것이다. 상대가 존재하지 않음에도 허공에 분노의 주먹을 휘두른다. 그렇게 한참을 무의미한 싸움을 하다 보면 그 공간에는 기진맥진해진 자신만이 덩그러니 남고, 그 이후에야 자신이 얼마나 허무하고 한심한 짓거리를 하였는지 깨닫게 된다. 그러면 또다시 자신에 대한 자책과 후회를 시작해 다른 고통이 자신을 괴롭히게 된다. 화가 화를 불러오고 고통이 새로운 고통을 불러오는 절망적인 상황이 도래하게 되는 것이다.

생각보다 우리는 고통 속에서 다량의 배움과 지혜를 얻으며 산다. 넘어져 봐야 제대로 걸어갈 수 있는 방법을 생각하게 되고, 실연을 겪어 봐야지 인연의 진정한 소중함을 알 수 있고, 고된 노동을 해봐야 돈의 가치를 알 수 있게 되듯이 고통은 우리에게 유익한 시간이 되어주었다.

그렇다면 무엇이 우리를 이토록 폭력적이고 어리석은 상태로 만드는 것일까? 호기심과 무언가를 배울 수 있을 것이라는 안목이 없기 때문이다. 그리고 상황을 바라보는 시야가 과할 정도로 즉시, 지금, 현재에만 국한되어 있기 때문이다.

호기심은 우리의 뇌를 깨워주고 도전정신을 각인시켜 준다. 같은 상황이라도 새로운 의미를 발견하려는 시도를 하고, 새로운 경험적 지식과 지혜를 얻을 수 있을 것이라는 일종의 기대감이 우리를 고통 속에서도 행동하고 통찰할 수 있도록 도와준다. 이것이 고통을 타파하는 방법이다.

죽 음

• • •

동서고금을 막론하고 모든 생명에게는 끝이 존재한다. 이는 우리 인간도 마찬가지다. 끝은 결국 죽음이고, 우리는 살아가는 동시에 죽어가고 있는 중임이 틀림없다.

인간은 본능적으로 죽음을 두려워한다. 종교에서는 두려움을 떨쳐내기 위해서 죽음 이후의 세계를 자기 나름대로의 추측으로 상정하기도 한다. 또한 불로장생을 위한 약 개발은 고대부터 이어져 온 우리의 오랜 염원이기도 하며, 현대에 들어서는 뇌를 이동시켜 늙은 신체만 옮겨서 명을 연장하는 방식을 연구하고 있기도 하다. 이처럼 인간이라면 누구나 두려워하는 죽음을 어떻게 받아들여야 할지, 받아들일 수는 있을지에 대한 고민이 드는 날들이다.

죽음에 가까운 경험을 해본 적이 있는가? 내 스스로에게 질문을 던졌다. 단 한 번 경험해 본 기억이 있다. 교통사고가 크게 나 땅에서 구를 때 시간이 느리게 흐르고, 이대로 죽는 거구나 하는 생각을 했던 적이 있었다. 그 당시에 느꼈던 막연한 두려움과 나의 목을 옥죄이는 듯한 죽음의 손길은 아직도 그 기억이 선명할 만큼 나에게 큰 충격을 주었다.

내 심장에 각인된 죽음의 숨결을 나는 왜 두려워하는 것일까? 두려워하지 않을 수는 없는 것일까? 죽음은 미지의 세계다. 죽음을 경험한 사람의 이야기를 전해 들을 수 없으니 우리는 죽음의 불확실함 때문에 막연함, 불쾌함, 분노를 느낀다. 그러나 우리는 아무런 권한이 없는 텅 빈 감정을 느낄 뿐 감히 죽음의 문을 파괴할 수 없다. 결국에는 이전에 느꼈던 모든 부정적인 감정들이 두려움으로 변모한다. 이는 인간이 어찌 조정할 수 없는 자연재해와 같은 것에서 느끼는 두려움과 유사할 것이다. 한편으로는 다양한 상상을 하게끔 유도하기도 한다. 천국과 지옥, 극락, 환생, 귀신 등 여러 개념과 세계가 정신 속에 등장한 것은 죽음 덕분이다.

이런 이야기들은 죽음 이후의 세계를 흥미롭게 만들어 두려움을 일생 동안 죽음을 마주하기 직전까지는 잊게 해준다. 몇몇 노인들의 이야기를 들어보면 일반적으로 죽음과 가장 가까이 있다고 여겨지는 이들은 죽음을 두려워하지 않는다. 의연히 죽음을 맞이하는 것이다. 그렇다면 그들은 어떻게 죽음을 받아들일 수 있었던 것일까?

죽음 이후에 집중할 것이 아니라 죽기 이전 삶에 집중해라. 그들은 열정적으로 살아가고 있었다. 노인이 된 그들은 사람과의 대화를 통한 교류를 즐겼고, 반대로 혼자만의 시간도 즐기고 있었다. 뿐만 아니라 밥을 먹고, 청소하고, 산책하고, 독서하는 소소한 일상에서도 쓸데없는 물건이나 관념에 사로잡히지 않은 채로 온전히 순간순간을 받아들였다. 그 순간을 있는 그대로 가득 채워 그들은 자신이 처한 상황과 출현하는 감정 그리고 마주하는 대상에 몰입하여 허무를 물리치고 죽음에 대한 본능적인 두려움을 잊어가고 있었다. 그들의 태도가 시사한 두려움을 극복할 방법은 이것이었다. 우리가 최선을 다한 하루를 보내고 잠이 들 때 여한 없이 바로 잠자리에 들고 싶어 하는 것과 마찬가지로 죽음을 덜 두려워하는 그들은 한 번뿐인 인생에 최선을 다했다고 생각하기에 잠자리(죽음)에 여한이 없는 것이다.

최선을 다한 하루 끝 잠자리는 달 듯이 최선을 다한 인생의 끝은 달 것이다. 이제 죽어도 상관없을 정도로 여한이 없는 위대한 노인이 될 수 있도록 하자.

말을 삼가라

• • •

　불안함이 우리를 업화의 구덩이로 빠트린다. 우리는 언어를 배우는 순간부터 죽기 직전까지 셀 수 없이 많은 언행을 구사하며 살아간다. 현대에 들어서는 입으로 꺼내는 말뿐만이 아니라 온라인상에서 소리 없는 말을 내뱉는 순간들도 생겼다.

　가족 간에 정이 담긴 대화, 연인 간에 사랑이 담긴 대화, 친구 간에 장난이 섞인 대화, 정치인 간에 감정이 담긴 대화 등 우리 주변에는 다양한 대화의 종류가 존재한다. 그 범위 안에 우리가 있고, 누군가가 주로 말을 내뱉는 상황을 보면 상대의 신념과 인생의 주안점을 알 수 있으며, 누군가 내뱉는 말의 빈도수를 보면 상대의 현재 감정 상태와 불안의 정도를 알 수 있다.

　말을 하는 이유는 대화에 참여해야 소속감을 느낌으로써 애증을 채우는 내면의 결핍으로 인한 불안, 자신을 증명하고 찔리는 일에 대한 해명을 해야만 할 거 같다는 강박에서 오는 불안이 우리의 입을 열게 만드는 것이다.

　그러나 입을 연다고 이것이 해소되지도 해결되지도 않는다. 오히려 더 많은 불안을 가중시킬 뿐이다. 절대로 대화에 참여가 우리에게 애정의 향기를 불러일으키지 않고, 증명과 해명을 위한 말을 반복한들 살아남기 위한 발악으로 보이고 상대에게 얕잡아 보이기에 십상이고 산대의 아래로 기어가는 것이나 마찬가지다.

그렇다면 우리는 왜 말실수를 반복하고 온전히 혼자만의 대화를 가지지 못하는 이유는 무엇일까? 위에서 이미 언급했다시피 증명과 해명 그리고 소속감을 가지기 위함이다. 이는 모두 불안과 확신의 결여다. 분명히 해당 집단에 함께하고 있지만, 소외감을 느끼고 소속된 느낌을 받지 못하는 소속에 대한 확신의 결여와 해당 집단에 소속되지 못함으로써 자신에게 생길 손해가 이들을 두렵게 만들어 불안한 것이다.

소속감은 우리가 살아감에 있어 분명히 중요한 요소이다. 하지만 수없이 많은 말을 내뱉는 이들은 소속감에 집착하여 자신의 위상을 지하까지 낮추고, 구성원의 위상을 올려줄 뿐이다. 그렇기에 우리는 정직한 소속감, 즉 집단주의적 사고보다는 개인주의적 사고에 초점을 맞춰야 한다.

이 말이 무슨 말이냐면 집단을 위한답시고 내뱉는 거짓된 언변과 허풍이나 가식적인 태도가 오히려 집단의 색을 번져 흐리게 만들고, 개인의 정직한 빛이 주변을 밝힌다. 개인의 거짓된 빛 반사는 명암의 여백을 늘린다. 경거망동하여 쓸데없는 말을 내뱉지 말고 어딘가에 소속되려는 집착보다는 본인의 삶을 살아가다가 저절로 소속되는 자연스러운 어울림에 집중했으면 좋겠다.

사람들에게 잊히다

• • •

우리에게는 모두 사람들과 교류할 수 있는 기회가 주어진다. 세상에 나의 의지를 발현할 수 있게 탄생의 축복을 기도해 주신 어머니와 아버지, 나에게 삶에의 의지를 성실히 실천할 수 있도록 동기를 부여해준 연인, 우정의 힘이 삶의 전반에 초월적인 변화를 줄 수 있다는 사실을 일깨워준 친구, 모두가 어쩌면 너무나도 과분한 연이었던 것은 아닌가 생각이 든다.

꿈만 같던 인연들은 지나가고 야속한 세월은 우리의 사랑을 시샘이라도 하는 듯이 성급히 엄습해 온다. 그렇게 지날 거 같지 않던 우리의 시간은 배신하듯이 현재를 떠나가고 외로이 남겨진 나의 품에는 지난날에 대한 그리움, 현재에 대한 막연함, 다가올 날에 대한 불안함만이 남아있다. 세월이 가져온 망각이 지나간 자리에서 사라진 피어내려 해도 피어나지 않는 시간들에 대한 분노가 잘못된 방향으로 우리의 정신과 삶을 집어삼킨다.

분개한 우리의 모습은 마치 노망난 노인의 모습과도 같다. 자신이 왜 분노했는지, 무엇이 자신을 분노케 하였는지를 모를 채로 그저 일차원적인 본능으로 세상과 자신에게 부정의 감정을 표출할 뿐이다.

사람에게서 잊히는 것은 당연하다. 이 세상에 영원함 따위는 존재하지 않으니 세상이 가진 정신세계에서 방출된다는 사실을 의연히 받아들여야 하는 것은 필수다. 그러나 잊혀야 한다는 사실은 죽음을 받아들여야 한다는 사실만큼이나 우리를 처참하게 짓밟고 감당할 수 없는 슬픔과 두려움을 가져다준다. 도저히 인간의 감정에 담을 수 없고, 이성으로 헤아릴 수 없는 거대한 범주의 운명이다. 우리는 과연 의연함을 각성시키고 운명을 넘어서 초연한 정신을 함양할 수 있을까?

바람이 흙을 태우고 지나간 곳에 자리 잡았던 풀은 흙에 덮여 일광을 흡수할 수도, 이웃한 풀들과 푸른 잎을 맞댈 수도 없어졌다. 세월에 덮인 작은 풀에게는 더 이상 성장할 양분도 세월을 이겨낼 어떠한 힘도 없는 것처럼 느껴진다. 그러나 어떠한 외부적 힘이 작용하지 않았음에도 풀은 흙을 뚫고 서서히 자라나다 풀은 자신의 존재를 인식하고 믿는 것이 힘이 되어 그것만으로도 세상에 새롭고 대견한 자신의 모습을 드러낼 수 있게 된 것이다. 그렇게 셀 수 없이 같은 과정을 반복한다. 잊힘이 있기에 새로운 각인을 가능하게 한다. 이 과정이 반복됨으로써 무의식적으로 삶의 이유를 묻고 의지를 실현할 수 있게 된다.

우리는 본능적으로 잊힘에 대한 공포와 고통을 느낀다. 이는 제어도 조정도 불가능한 불가항력의 힘을 지녔기에 이 공포에 상응할 만한 가치와 의미를 지닌 새로운 정신적 힘을 창조하여 초연함을 얻어야만 한다.

위에서 말한 이야기에서 흙 을 세월을 뜻하고, 흙에 덮인 우리는 햇빛에도 같이 나고 자라던 다른 풀에서도 잊힌 기억이 되었다. 그럼에도 풀은 자신을 믿고 굳건히 피어올랐고, 그곳에는 새로운 인연이 마중 나와 있었다. 우리의 삶도 이와 같다. 잊힘은 곧 새로운 기억의 각인이 다가온다는 것을 의미한다.

인간, 사랑, 인생

펴 낸 날 2025년 1월 24일

지 은 이 최하늘
펴 낸 이 이기성
기획편집 이지희, 서해주
표지디자인 이지희
책임마케팅 강보현 김성욱
펴 낸 곳 도서출판 생각나눔
출판등록 제 2018-000288호
주   소 경기도 고양시 덕양구 청초로 66, 덕은리버워크 B동 1708, 1709호
전   화 02-325-5100
팩   스 02-325-5101
홈페이지 www.생각나눔.kr
이 메 일 bookmain@think-book.com

• 책값은 표지 뒷면에 표기되어 있습니다.
  ISBN   979-11-7048-829-3(03810)